Rendez-nous la Joconde !

Stefano Montefiori

Rendez-nous la Joconde !

et autres malentendus franco-italiens

récit

Stock

Couverture : © Julia Bourdet

ISBN : 978-2-234-09259-4

À Valeria, Elena et Matteo

Prologue

Juillet 2022. Je suis attablé avec mes vieux et chers amis Fabrizio et Ornella à la terrasse d'une brasserie à Maisons-Laffitte, non loin du camping où ils viennent de s'installer après un périple en camping-car qui les a menés de Pise jusqu'ici. J'habite à Paris depuis plus de dix ans, leurs vacances en France sont une rare occasion de retrouvailles. L'apéro s'éternise au fil de nos discussions et de nécessaires « mises à jour ». Nous finissons par commander *une* tartare, nous trompant ainsi sur le genre du mot comme cela arrive souvent aux Italiens (et aux Français quand ils parlent en italien), mais aucune importance : le patron sourit, lance un *benvenuti* et se dirige vers la cuisine pour préparer nos plats.

« Stefano, peux-tu me dire pourquoi les Français nous détestent autant ? me demande Ornella.

— À vrai dire, le monsieur avait plutôt l'air gentil.

— Il était suffisant, comme tous les Français. Ils nous regardent toujours de haut, ils nous méprisent, en fait. »

Je me lance alors dans mon discours bien rodé et peut-être un brin naïf sur l'indéfectible amitié franco-italienne, mais je ne récolte que deux regards perplexes. On laisse tomber le sujet, et une fourchette. J'entre dans le restaurant pour en demander une autre et le patron en profite pour me dire que « l'Italie est un pays fantastique. J'y vais chaque été parce que la famille de ma femme est originaire d'Udine, les gens sont accueillants, je me sens chez moi, même si je ne parle pas italien. » Je le remercie de ces amabilités ; moi aussi, je me sens chez moi en France, bien que cent pour cent italien. Je retourne auprès de mes amis.

« Bon, le monsieur dit que l'Italie et les Italiens sont géniaux.

— Ce n'est pas vrai, tu inventes ça juste parce que tu veux avoir raison. »

Comme des milliers d'autres compatriotes, mes amis ont passé leurs vacances à sillonner l'Hexagone par des autoroutes qui leur ont paru plus larges et plus modernes que les nôtres, à visiter des lieux magnifiques qui font rêver tous les habitants de la Botte : de la Côte d'Azur à Marseille en passant par les châteaux de la Loire, les plages du Débarquement en Normandie et, bien sûr, Paris. Ils l'ont fait avec des étoiles dans les yeux tout en se méfiant un peu des Français. Et ils ne sont pas les seuls. Le malentendu avec le patron de la brasserie ne m'a donc pas surpris : j'entends souvent mes concitoyens faire des blagues ou des commentaires négatifs sur l'arrogance française cultivée semblerait-il depuis des siècles, notamment vis-à-vis de leurs voisins transalpins. « Ils veulent toujours être les premiers, et puis ils nous ont volé la Joconde ! » (C'est faux, mais on y reviendra.)

Journaliste italien installé en France depuis longtemps, je vois les choses un peu différemment : il me semble que les Français ont développé, surtout ces dernières années, une admiration particulière – et totalement insoupçonnée dans mon propre pays – pour les Italiens. Le « chic » et le « savoir-vivre » sont deux expressions françaises qui nous sont régulièrement associées : pour faire *bella figura*, on s'inspire souvent de l'Italie. À défaut de posséder un appartement à Venise – comble du raffinement pour une frange d'intellos français –, il est bien vu de fréquenter la Botte quelques semaines par an au moins, et/ou de glisser, avec cette drôle d'emphase digne d'un Caruso, un mot italien dans les discussions. *Combinazione* et *aggiornamento* sont les plus fréquemment – et les plus mal – utilisés, mais ils révèlent un amour de la langue de l'autre que l'on retrouve chez mes compatriotes lorsqu'ils parlent d'« escamotage » plutôt que de *sotterfugio*. Même la politique italienne, domaine à propos duquel nous pourrions, sans nous renier, tomber d'accord pour dire que nous ne sommes pas les meilleurs au monde, est abordée par les Français avec respect et circonspection, comme si elle relevait d'un machiavélisme sophistiqué et inaccessible.

Alors, comment se fait-il que mes amis – et tant de mes concitoyens – soient convaincus d'être les victimes privilégiées de la proverbiale arrogance française ? Comment est-il possible qu'entre deux peuples européens géographiquement et linguistiquement proches, il y ait encore autant de malentendus ?

Peut-être en partie parce que les Français ne perçoivent souvent l'Italie que comme le pays du soleil, des vacances, d'une cuisine simple et délicieuse : des qualités dangereusement proches de l'agaçant cliché « pizza et mandoline ». Leur vision romantique de l'Italie est allée parfois trop loin, jusqu'à anoblir des anciens militants de la lutte armée que beaucoup d'Italiens de droite et de gauche considèrent comme des criminels, et qui en France ont joui d'une faveur digne de combattants pour la liberté contre la dictature, comme si l'Italie des années de plomb était comparable au Chili de Pinochet (ce qui n'est pas le cas). Mais il subsiste aussi chez les Italiens un complexe tenace d'infériorité dont les Français ne semblent pas avoir connaissance. Nous nous sentons parfois comme des cousins de province mal à l'aise et qui développent donc un certain ressentiment. Nous donnons l'impression de n'avoir jamais dépassé ce stade hérité des émigrés du siècle dernier, ceux qui, pour fuir la misère ou le fascisme, franchirent de nuit le col du Fréjus, aujourd'hui emprunté par tant de Soudanais, d'Érythréens et de Somaliens. Les Italiens semblent toujours un tantinet énervés par le fait que la France dispose d'un siège permanent au Conseil de sécurité et qu'elle se voie donc comme une puissance mondiale. Et penser que Nice, ville natale de Giuseppe Garibaldi, est française…

Les chapitres suivants ne traitent pas des difficultés politiques qui périodiquement viennent crisper les relations entre les deux États (de toute façon reliés par le traité du Quirinal depuis 2021). Plutôt, ils prennent prétexte de cette rivalité – un peu à sens unique, du sud vers le nord – pour faire le récit tout à fait subjectif, personnel et donc arbitraire d'un Italien un poil atypique, car francophile convaincu. Un Italien qui, comme tant d'autres, a eu un oncle antifasciste réfugié à Paris ; qui aime tellement la France qu'il y a pris racine ; qui a deux enfants parlant mieux le français que l'italien (dommage) ; et que l'envie a démangé de raconter à ses amis français un peu de sa vie et par conséquent, avec une grande modestie, un peu de l'Italie.

Faire un sort aux clichés serait trop demander, d'autant plus qu'ils sont souvent vrais. Mais ajouter un minuscule caillou au vaste édifice que représente la connaissance mutuelle, voilà une entreprise qui peut être tentée. Sans trop d'orgueil nationaliste, plus que cette idéologie, que je réfute, mon caractère ne m'y porte guère, mais sans prendre de distance non plus avec mes origines. Avec une profonde affection pour mes deux pays, et l'envie de voir s'il est possible d'additionner les nombreuses identités qui composent une personne pour l'enrichir. Dans mon cas : spezzino, génois, pisan, milanais, italien, français, européen.

I

Le fantôme de Simone

« Massimo, partons à Paris pour six mois !

— D'accord, mais comment ?

— Une bourse est proposée à deux étudiants, le délai pour soumettre sa candidature expire cet après-midi. Le départ est dans trois semaines.

— Faut voir ce qu'ils vont en penser à la maison…

— Voyons, oui, et allons-y ! »

En ce début décembre 1990, au premier étage de la faculté de sciences politiques de Pise, près de la bibliothèque, ce dialogue pressant avec mon ami Massimo résume parfaitement Erasmus, le programme européen qui, en trente ans, permettra à plus de douze millions d'étudiants de suivre des cours pendant quelques mois dans une université de l'Union et d'y passer leurs examens.

Sur le panneau d'affichage, on trouve les annonces habituelles : chambres à louer, Vespa à vendre, livres d'occasion ou polycopiés à petits prix. Un peu plus bas, l'appel officiel de la fac à étudier six mois à Paris passerait presque inaperçu. Le programme indique que les deux examens réussis en France seront automatiquement validés au retour. En plus, l'épreuve de français obligatoire dans notre cursus deviendra plus facile après un si long séjour à Paris. Autant d'arguments en faveur de ce projet Erasmus qui ne semble pas une perte de temps, bien au contraire. Le montant de la bourse n'est pas élevé, il est évident qu'il ne suffira pas à couvrir les dépenses sur place, mais d'une manière ou d'une autre nous nous débrouillerons. Il ne reste plus qu'à convaincre nos parents.

Mon ami Massimo et moi faisons la queue dans le couloir de la fac pour accéder au téléphone public. Quand notre tour arrive enfin, nous insérons les pièces pour appeler nos familles. Nous avons un peu plus de vingt ans et, comme beaucoup de jeunes de notre génération, nous vivons encore chez nos parents, financeurs de nos études, occupant la chambre dans laquelle nous avons grandi. Pour ce qui est de la dynamique familiale, fréquenter l'université ne s'avère pas si différent du lycée : comme de grands adolescents que nous sommes encore, nous continuons à demander la permission avant de prendre certaines décisions, ce qui est aussi une façon de demander de l'aide.

« C'est un programme européen ! » insistons-nous. Dans ces années-là et jusqu'à la grande désaffection lors la crise de l'euro, le mot « Europe » est une sorte de formule magique en Italie, un terme passe-partout capable de convaincre n'importe quel quidam que toute initiative est bonne, intéressante, en phase avec l'époque. En 1986, après la signature de l'Acte unique modifiant le traité de Rome et relançant la construction européenne, les objectifs sont la création d'un marché unique et, peu à peu, d'une union politique. L'Europe est perçue comme un horizon de plus en plus proche ; tout effort de modernisation et d'ouverture de la société italienne semble être un pas de plus dans le mouvement universel pour l'abolition des frontières et la fin des égoïsmes nationaux. En 1989, le mur de Berlin et le rideau de fer tombent. L'été 1990 qui vient de s'écouler a vu l'Irak de Saddam Hussein envahir le Koweït, mais à tout moment la colossale coalition mise en place par les États-Unis peut recourir à la force avec la bénédiction des Nations unies – et de la France de François Mitterrand – pour rétablir les principes du droit international. Dans un monde en marche vers le Bien, au moins en apparence, pouvions-nous, Massimo et moi, rester là, bloqués à Pise ? Jamais de la vie.

Avanti

Ça y est, nous partons étudier pendant six mois en France. L'Histoire nous le demande, c'est évident, et nos familles et l'université n'osent pas s'interposer entre nous et le destin. En deux heures nous déposons notre candidature, qui est acceptée parce que nous sommes de bons étudiants et aussi parce qu'il y a peu ou pas de postulants car beaucoup de copains de la fac ne connaissent pas le projet. Quoi qu'il en soit, du 1er janvier au 30 juin 1991, nous serons parisiens.

Récemment, le programme Erasmus (devenu Erasmus+ depuis 2017 et élargi aux sportifs, apprentis, entre autres) a fait l'objet de critiques de la part d'eurosceptiques purs et durs : passer des examens dans une autre université européenne serait un luxe réservé aux enfants de « bobos », qui au nom d'un vague idéal cosmopolite utiliseraient les fonds de Bruxelles pour s'amuser et s'aimer comme dans *L'Auberge espagnole* de Cédric Klapisch. Hormis le fait que cela resterait tout de même de l'argent bien dépensé, le sens de ces échanges intra-européens est à mon avis un peu plus fondamental, et l'inventrice et cofondatrice du projet, Sofia Corradi, aujourd'hui âgée de quatre-vingt-huit ans, l'a très bien expliqué. Erasmus n'a pas pour objectif principal l'apprentissage des langues étrangères. Il n'est pas réservé aux seuls étudiants dont le niveau serait excellent, il est ouvert à tous. Le programme ne vise pas à offrir ailleurs un meilleur enseignement que celui que l'on trouverait dans son université d'origine : l'élève ingénieur qui part en Erasmus deviendra une meilleure personne, à défaut de devenir un meilleur ingénieur. Je pense que Mamma Erasmus, comme on surnomme la professeure Corradi, a raison.

J'en veux pour preuve que mon séjour Erasmus m'a fait changer d'avis sur un cliché très répandu en Italie (à vrai dire, dans le reste de la France et dans le monde aussi) : les Parisiens seraient avant tout arrogants, froids, inhospitaliers. D'après mon expérience, en partie grâce au premier Parisien que j'ai rencontré, je m'inscris en faux.

Alors que nous cherchions désespérément un logement pour notre séjour à Paris, Henri, sculpteur de son état, venait de s'installer à Pietrasanta, près de sa matière préférée : le marbre de Carrare. C'était une connaissance d'un ami du père de Massimo. Celui-ci lui demanda si par hasard il connaîtrait quelqu'un susceptible de nous louer un petit appartement. Henri fit mieux : il nous offrit le sien. Lorsque nous rencontrâmes Henri pour la première fois, un soir de décembre, au Gran Caffè Margherita à Viareggio, une station balnéaire toscane, nous fûmes séduits : âgé de quelques années de plus que nous, chevelure épaisse blanchie par la poussière de marbre, yeux bleus, veste et bottes en cuir, Henri avait l'accent de quelqu'un qui commence à apprendre l'italien, avec cette lutte incessante – que je connaîtrais moi-même plus tard – avec le genre des mots. Masculin ou féminin, il tombait presque toujours à côté. Henri nous remit, à Massimo et moi, les clés de son logis à Montparnasse sans nous demander un sou : « Vous êtes amis de mes amis, amusez-vous. Seulement, attention au fantôme de Simone de Beauvoir… »

C'est ainsi que nous avons pu disposer d'un magnifique atelier d'artiste au 11 bis, rue Victor-Schœlcher, devant le cimetière de Montparnasse, près de la place Denfert-Rochereau. Et Henri ne plaisantait pas : l'autrice du *Deuxième Sexe* y avait vécu de 1955 jusqu'à sa mort, en 1986. Une photo la montre dans l'atelier avec Jean-Paul Sartre et Claude Lanzmann, ce dernier étant le seul homme qui eut le privilège de vivre avec elle pendant quelques années.

Lanzmann consacre à ce lieu un passage émouvant dans son livre *Le Lièvre de Patagonie*. Il raconte la passion de Simone de Beauvoir pour la tauromachie, les affiches de *temporada*, le programme des combats, qui décoraient les murs de l'endroit acheté avec l'argent du prix Goncourt 1954 pour *Les Mandarins*. Lorsqu'il décrit l'unique pièce, avec sa très belle hauteur sous plafond, sa mezzanine tenant lieu de chambre à coucher, les placards et la salle de bains à laquelle on accédait par un escalier en colimaçon, mes souvenirs sont identiques. « Le Castor et moi étions entrés ensemble, cœur battant, dans ce logis, et y avions fait une très amoureuse pendaison de crémaillère, explorant les possibilités neuves offertes conjointement par l'horizontalité et la verticalité du lieu[1] », écrit Lanzmann à propos de cet atelier où il vécut les « cinq années cruciales » de son existence, celles de son amour avec Simone de Beauvoir.

J'ai découvert par la suite que l'écrivaine Anaïs Nin, et aussi le créateur de la Pléiade, Jacques Schiffrin, et sa femme, la grande pianiste Youra Guller, avaient vécu dans le même immeuble. Sur des images d'archives de l'INA, on peut voir, en octobre 1964, des reporters faisant le pied de grue devant le 11 bis, rue Schœlcher pour obtenir une réaction de Jean-Paul Sartre à l'obtention de son prix Nobel de littérature, qu'il refusera.

1. Claude Lanzmann, *Le Lièvre de Patagonie*, Gallimard, 2009.

Plus discrètement, Massimo et moi sommes arrivés à Paris dans la nuit du 30 décembre 1990 depuis Pise, profitant de la voiture d'un ami qui continuerait sa route vers Strasbourg. Durant ce voyage, nous avions discuté littérature (un peu), parlé filles (beaucoup) et nous nous étions interrogés sur le fait que toutes les voitures françaises possédaient des phares jaunes et non blancs. (La théorie la plus accréditée est qu'en 1936, date à laquelle un arrêté avait rendu cette couleur obligatoire, on espérait ainsi reconnaître immédiatement les véhicules ennemis en cas d'invasion. Ce qui, malheureusement, ne semble pas avoir été suffisant en 1940.)

En tout cas, je ne savais toujours rien de l'importance de ce lieu dans l'existence de Beauvoir, Sartre et Lanzmann, et je n'imaginais même pas quel rôle il jouerait dans la mienne. Je me souviens de ces premières longues minutes où, une fois la voiture garée, nous avons essayé d'entrer dans l'appartement. Impossible d'ouvrir la porte. Douze heures de voiture, une arrivée tardive dans la nuit, et le logis parisien qui était censé nous accueillir se refusait à nous. Henri nous avait prévenus : « Vous allez trouver un peu de désordre, n'hésitez pas à déplacer les choses. » Nous avons finalement pris notre courage à deux mains et donné quelques coups sur le battant, de plus en plus déterminés. L'objet du délit s'est révélé être un pot de peinture (heureusement fermé) qui bloquait la porte. Notre insistance a payé, un monde s'est alors offert à nous : un duplex qui nous paraissait immense – c'était certainement le cas, par rapport aux chambres d'étudiants –, rempli de sculptures en plâtre et en bronze, avec ce qui semblait un autoportrait gigantesque d'Henri accroché au mur, des pinceaux, des crayons et des feuilles partout, des livres, des bandes dessinées, des vêtements en désordre... Le chaos le plus fascinant que j'aie jamais vu.

Plusieurs décennies avant Airbnb, grâce à la pure gentillesse d'une personne rencontrée le temps d'un dîner, nous avons pu entrer dans sa vie et son intimité. En lieu et place des meubles Ikea et de la machine Nespresso, des œuvres et des livres d'art. Grâce à Henri et son atelier, Paris nous a ouvert les bras de manière inespérée. Les jours suivants, Massimo et moi avons tenté de rendre habitable pour deux colocataires – sans effacer son charme – ce lieu qui ressemblait à un cabinet des merveilles. Première règle : chacun occuperait un mois durant la chambre en mezzanine, avec le grand lit double, tandis que l'autre dormirait sur le clic-clac en bas, tous deux prêts à permuter à la dernière minute en cas d'heureux imprévu.

J'avais vingt ans à Paris, j'allais vivre six mois dans un appartement magnifique en colocation avec un ami fidèle, lettré, sensible, drôle. Et comme tous les Erasmussiens ou presque, nous nous en tiendrions au strict minimum pour le temps consacré aux études. Massimo et moi avions bien en tête ce que Sofia Corradi théoriserait plus tard : il fallait saisir l'occasion de devenir de meilleurs individus. Plus cultivés, plus ouverts, curieux des autres et de leurs différences, dans une sorte de fraternité dans le bonheur qui aujourd'hui fait ricaner les cyniques, surtout ceux qui n'ont jamais eu la chance de l'éprouver.

Dans *Le Lièvre de Patagonie*, Lanzmann écrit : « Un dimanche après-midi où je me trouvais seul dans l'atelier de la rue Schœlcher, on sonna à la porte sans avoir prévenu. J'ouvris, c'étaient Jean-Jacques Servan-Schreiber et Françoise Giroud, les patrons de *L'Express*. » Ce passage m'a beaucoup fait sourire, car j'ai repensé à l'époque où nous occupions le même atelier et où cette situation arrivait tout le temps, de jour comme de nuit. Ce n'étaient ni Servan-Schreiber ni Giroud, mais Cristina, la jeune Anglaise, ou Richard, l'Irlandais qui avait décidé de vivre en Toscane et venait prendre des infos avec ses compatriotes Siobhan et Sarah, ou les Espagnols Manuel et Victoria, Ann, la fille finno-américaine et les Français Olivia,

Carole, Rachid et Fabrice, ou encore nos amis italiens Francesco dit Bico et Matteo dit Gioni, Ilaria, Claudia, Isa, et des dizaines d'autres étudiants du monde entier. « On peut faire partie du club ? Faut-il s'inscrire, parce que nous avons remarqué qu'il y avait tout le temps des soirées ? » nous ont demandé un matin deux jeunes Françaises croisées sur le trottoir. Quelle fierté, puérile, avons-nous ressentie.

Il faut être un peu sentimental, des décennies plus tard, pour être encore ému et reconnaissant envers Erasmus. Mais je ne pense pas que ce soit seulement de la nostalgie pour notre jeunesse. Massimo et moi avons été particulièrement chanceux, grâce à Henri et au fantôme de Beauvoir, mais nos camarades qui vivaient en résidence universitaire n'étaient pas moins heureux que nous. Comme le dit Sofia Corradi, lors d'un échange Erasmus, l'interaction se fait entre pairs, entre personnes du même âge qui sont confrontées dans leur vie quotidienne aux mêmes difficultés. L'étudiant ne prend aucun cours sur l'intégration européenne, il en fait l'expérience au jour le jour avec le dépassement des barrières linguistiques et culturelles, les échanges de connaissances, le plaisir partagé – au-delà des blagues prévisibles sur le programme « Orgasmus ». En bref, Erasmus représente un formidable entraînement à la compréhension de l'autre.

La langue française par osmose

L'immersion dans le français, que j'avais étudié seulement pendant deux semaines à Dijon, l'été d'avant, a aussi contribué à mon euphorie. Malgré les pièges du genre des mots et des faux amis en pagaille, un Italien qui réside quelques mois en France peut faire l'apprentissage d'une langue nouvelle en l'apprivoisant et donc, progressivement, appréhender une autre culture sans effort excessif, presque par osmose. Erasmus est un extraordinaire amplificateur du « tout est possible », une ivresse que certains ont eu la chance de connaître à leurs vingt ans.

Pourtant, les premiers jours furent rudes. Un parcours du combattant linguistique qui commença à l'accueil de la fac pour déterminer l'endroit où étaient dispensées mes matières, puis, après avoir trouvé l'amphi, la difficulté de comprendre le cours magistral du professeur… Au bout de quelques semaines, le déclic se fit. Tout ou presque devint compréhensible, de l'histoire du Maghreb au français parlé dans les soirées. De temps en temps, Henri revenait de Pietrasanta, nous rendait visite chez lui, rue Schœlcher, et nous emmenait au restaurant pour que notre conception de la gastronomie française ne s'arrête pas au restau U. Nous fîmes de notre mieux pour préserver son atelier, où planait le fantôme de Simone, mais aussi, et surtout, pour honorer l'esprit de *Paris est une fête*, le roman de Hemingway redevenu à la mode en 2015, en réaction aux attentats du 13 novembre.

Si nous étions restés à Pise, Massimo et moi aurions peut-être obtenu notre diplôme plus rapidement. Mais je doute que ma vie aurait été meilleure. Des décennies de voyages *low cost* et d'Internet ont probablement réduit la portée et l'unicité de six mois Erasmus. Pour lire *Le Monde* dès sa sortie à midi ou écouter Oui FM ou Radio Nova, il n'est plus nécessaire d'habiter Montparnasse. Mais quand j'entends parler d'une Europe sans âme, d'une Union exclusivement technocratique construite et dirigée par une froide élite bruxelloise, je suis sûr que les 12 millions d'Européens qui ont bénéficié du projet Erasmus ne sont pas d'accord. Ils sont bien peu nombreux par rapport aux 450 millions de citoyens de l'Union, certes, mais ils représentent l'embryon d'une identité européenne possible.

Près de vingt ans après mon Erasmus, j'ai choisi de déménager de Milan à Paris. J'avais presque l'impression, aussi ridicule que cela puisse paraître, de rentrer à la maison, même si l'Italien que je suis est toujours démasqué après avoir prononcé trois mots. Parisien de La Spezia, ça fait peut-être un peu bizarre, mais mon oncle Beppe dit Tampì, qui échappa au fascisme, l'était tout autant. Moi, je n'ai pas été contraint à fuir quoi que ce soit, j'aime toujours mon pays et toutes les villes italiennes où j'ai vécu. Mais de temps en temps je prends mon vélo, je fais un tour du côté de la place Denfert-Rochereau, et me reviennent à l'esprit les mots que je n'ai pas eu le courage de dire à Claude Lanzmann quand je l'ai enfin rencontré pour une interview, un soir, à Paris : nous avons été vraiment heureux, au 11 bis, rue Schœlcher.

II

La route napoléonienne

Être originaire de La Spezia, pour un Italien qui vit à l'étranger, c'est ne pas remplir le contrat requis, celui de l'exotisme. Et c'est aussi remarquer dans les yeux de son interlocuteur un peu de déception, car aucun étranger n'a jamais pensé à satisfaire ses appétits transalpins en roulant sur une Vespa dans les rues de La Spezia, même si c'est via Chiodo, la rue principale. « Ah, tu es/vous êtes italien. D'où ? – De La Spezia. » Personne n'est parfait.

Les Français entrent en extase quand on évoque Venise, Rome, Florence, Naples et depuis peu les Pouilles, mais peu de gens connaissent La Spezia, une cité qui se trouve en Ligurie, région pluvieuse où vivent des gens réservés et quelque peu hargneux. Le contraire de l'Italie joyeuse, exubérante et ensoleillée, la *dolce vita* que l'on aime imaginer. Ensuite, on associe l'Italie à des traditions millénaires, à des identités nobles gravées dans le marbre (de Carrare), mais La Spezia est la ville qui, encore aujourd'hui, ne sait même pas quel est son nom : *La* Spezia, comme l'exigent les documents officiels depuis le *regio decreto* du 30 septembre 1930, ou Spezia tout court, comme ses habitants l'ont toujours dit, à l'instar de son équipe de football éponyme qui – enfin – évolue en Serie A… Avec l'article défini, le fascisme tenta de donner un peu de solennité au petit village médiéval du bord de mer, soudainement devenu une ville de cent mille habitants, et une base navale grâce à l'intuition de Napoléon Bonaparte et à la volonté de Camillo Cavour, premier président du Conseil de l'Italie unie. L'identité incertaine de La Spezia trouve son origine par défaut géographique, dans le fait de ne pas être Gênes, cent kilomètres plus au nord, si sûre d'elle qu'on l'appelle « la Superbe », ni Pise, quatre-vingts kilomètres plus au sud, de célébrité planétaire grâce à sa tour qui, par une chance immense, est incapable de se tenir droite. Bref, La Spezia ne fait pas rêver.

Grandeur (et décadence) spezzina

Seul un habitant de La Spezia a le droit de rabaisser son lieu d'origine, comme tout Italien typique n'importe où ailleurs dans la Botte le ferait pour sa propre ville natale, mais il ne tolère pas que d'autres osent le faire. Quand on en parle aux étrangers, La Spezia devient la plus belle ville d'Italie – sinon du monde –, et ignorer sa beauté intrinsèque est une lacune honteuse que nous pouvons ici aider à combler, au moins en partie, en gardant en tête la phrase récurrente de *nonna* (grand-mère) Ilda lorsqu'elle commentait des reportages ou documentaires à la télé : « Bien sûr, c'est beau, Tahiti (les Seychelles / Hawaï / les Caraïbes / n'importe où ailleurs), mais pas comme Spezia… »

L'idée d'une grandeur spezzina, improbable voire ridicule aux yeux des ignorants et des Génois, repose au contraire sur des bases solides. À La Spezia, il y a non seulement le front de mer avec ses immeubles Liberty (l'Art nouveau italien) et ses palmiers comme sur la Côte d'Azur, la *farinata* – similaire à la socca que vous mangez à Nice mais en mieux –, mais aussi les Cinque Terre à proximité et le golfe des Poètes entouré de Lerici et Porto Venere, villages dont la vue imprenable sur la Méditerranée fut célébrée par lord Byron, P.B. Shelley et Henry James. Que du beau linge. Et pour parcourir les seize kilomètres qui séparent le centre-ville de La Spezia de Porto Venere, les Spezzini empruntent encore aujourd'hui la route napoléonienne, premier signe d'un lien tenace avec la France.

En 1805, quelques mois après s'être proclamé empereur à Notre-Dame, Napoléon devient roi d'Italie, royaume qu'il confie immédiatement à son fils adoptif Eugène de Beauharnais en le nommant vice-roi. Déçu par le faible potentiel militaire du port de Gênes (alors les Génois, qui perd de sa superbe ?), Napoléon choisit en 1808 le petit village de La Spezia pour fonder un Toulon *bis*.

Enthousiasmé par La Spezia qu'il qualifie de « plus beau port de l'univers », Napoléon est convaincu que sa conformation géographique se prête parfaitement à accueillir un nouvel arsenal militaire et aussi une nouvelle « ville de dix mille habitants ». Destinée à sortir de terre dans le golfe de La Spezia, Napoléonie ou Napoléonville aurait été la première ville modèle construite à la gloire de l'empereur ; elle aurait abrité les hommes affectés à la construction et à la gestion de l'arsenal pour la flotte impériale, ainsi que leurs familles.

L'empereur n'eut pas le temps de réaliser sa vision : les travaux prirent du retard parce que ses ministres en France freinaient des quatre fers, craignant que Marseille et Toulon ne perdent leur suprématie au profit de la nouvelle base. La campagne de Russie et la bataille de Waterloo firent le reste, et de l'engouement de Napoléon pour le golfe de La Spezia ne subsistèrent que les plans méticuleux de l'arsenal militaire (très utiles quelques décennies plus tard) et la *Strada Imperiale*, la route napoléonienne, inaugurée en 1812 et qui relie encore aujourd'hui La Spezia à Porto Venere.

Une Ami 8 à la plage

Ignorant pratiquement tout de cette histoire, un enfant des années soixante-dix a parcouru cette route chaque été au mois d'août à bord d'une Citroën Ami 8 blanche (les voies de la francophilie prennent parfois des chemins de traverse). Avec ses parents, il allait de l'appartement des grands-parents via Venezia jusqu'à la plage de Porto Venere, en face de l'île de Palmaria. Cet enfant pensait plus à son mal au cœur à l'arrière de la voiture qu'à la grandeur napoléonienne. En Italie, c'étaient les années de plomb, celles du terrorisme des Brigades rouges qui ravageait Gênes : enlèvement du magistrat Mario Sossi et meurtres du juge Francesco Coco et du syndicaliste communiste Guido Rossa. Sans compter Pise, base arrière de nombreuses actions violentes et refuge clandestin de Mario Moretti, le chef des Brigades rouges responsable de l'enlèvement et de l'assassinat d'Aldo Moro, ancien Premier ministre. Mais à bord de l'Ami 8 blanche, sur la route napoléonienne qui nous emmenait à la plage, on jouait à reconnaître la nationalité des courageux touristes en regardant avec curiosité les plaques françaises, néerlandaises ou allemandes, présentes parmi nous malgré la tristement célèbre couverture du *Spiegel* du 24 juillet 1977, représentant sur une nappe à carreaux une assiette de spaghettis fumants avec sur le dessus un revolver en guise de parmesan, accompagnée du titre *L'Italie, une destination pour les vacances*.

Les touristes étrangers avaient commencé à fréquenter le golfe des Poètes après la fin de l'ère napoléonienne. Le congrès de Vienne de 1814 avait attribué la Ligurie au royaume de Sardaigne et, mettant de côté les plans militaires pendant un moment, La Spezia s'inspira de l'exemple de Nice, qui faisait partie du même royaume à l'époque : hôtels luxueux, théâtre grandiose, villégiature dédiée à la haute société, comme en témoigne l'été 1853, lorsque toute la famille royale en provenance de Turin descendit à l'hôtel Croce di Malta. L'écrivain français Alphonse Karr y croisa par hasard la souveraine Maria Adelaide, comme on peut le lire dans son livre *Promenades hors de mon jardin*. De son côté, en 1855, le philosophe et économiste britannique John Stuart Mill écrivit : « Je pense que c'est le plus bel endroit que j'aie jamais vu, qu'il n'y a rien de plus beau au monde. » Ce furent les dernières années de la splendeur d'origine de La Spezia. L'idée de la base militaire, abandonnée après la chute de Napoléon, refit surface et fut mise en œuvre par Camillo Cavour, Premier ministre du royaume de Sardaigne.

Au milieu du XIXe siècle, le port de Gênes augmenta ses capacités commerciales. Les Français, des années auparavant, ne s'y étaient pas trompés : il n'y avait pas assez d'espace, Gênes ne pouvait pas accueillir de flotte militaire supplémentaire. Cavour reprit les projets de l'empereur, les fit siens, les agrandit et confia en 1857 à l'officier du génie militaire Domenico Chiodo la tâche de construire enfin le grand arsenal. Les travaux commencèrent en 1862, juste après l'unification de l'Italie obtenue, selon la légende, grâce aussi à l'intervention auprès de Napoléon III de la plus belle femme de l'époque : la comtesse de Castiglione, cousine de Cavour et fille du marquis Filippo Oldoini, noble de La Spezia.

La construction fut achevée en sept ans à peine, un exploit. Dans son livre *Ottocento*, l'historien Gino Ragnetti raconte la transformation d'une petite cité en une grande ville ouvrière qui s'agitait chaque fois que rois, princes et amiraux venaient sur les rives du golfe pour visiter des installations militaires ou pour baptiser d'imposants navires. Un bouleversement qui troubla les fidèles visiteurs de La Spezia d'antan, comme Henry James : « Si elle est devenue une ville florissante, elle a aussi grandi d'une manière qui n'est certainement pas belle[1]. »

Pour soutenir et accompagner cette nouvelle ville dans la ville, le ministre de la Marine, l'amiral Simon-Antoine Pacoret de Saint-Bon (né à Chambéry), proposa de créer de toutes pièces un quartier capable d'accueillir au moins un millier de familles. Celles-ci venaient de toute l'Italie, Sardaigne, Vénétie, Émilie, des Marches, entre autres, attirées par les opportunités d'emploi dans l'arsenal. Le 15 août 1889, le roi d'Italie, Umberto Ier, inaugura le quartier Umbertino, composé de logements ouvriers à quatre étages avec cour intérieure et lavoir public, de la nouvelle piazza Brin, de l'église Notre-Dame de la Santé et de splendides immeubles Liberty conçus pour accueillir la noblesse et conjurer la naissance d'un ghetto réservé aux classes populaires – sans succès, bien sûr.

Tampì, mon grand-oncle de Paris

Parmi les familles du quartier Umbertino se trouvaient celles de mes grands-parents et arrière-grands-parents, travaillant à l'arsenal. Dans les années vingt et trente, le fascisme fit de

1. Henry James, *Heures italiennes*, 1909. *(La traduction est de l'auteur.)*

la nouvelle Spezia, ville militaire et moderne, l'un de ses fleurons. Ceux qui n'étaient pas d'accord avec la dictature goûtaient de la matraque. C'est ainsi que Beppe, le frère de mon *nonno* Federico, fut témoin un soir à sa fenêtre d'un passage à tabac d'un individu par des voyous fascistes. Il décida alors que l'Italie de Mussolini ne pouvait plus être un endroit pour lui. Il quitta le quartier Umbertino, La Spezia et l'Italie pour emprunter une route napoléonienne, beaucoup plus longue, qui le mena à Paris. Notre oncle de Paris, symbole du parent éloigné qui a fait fortune pour ceux qui étaient restés via Venezia derrière la piazza Brin, c'était l'oncle Beppe, bientôt surnommé Tampì parce qu'il aimait répéter « *Pazienza, tant pis* » lors des réunions de famille d'après-guerre.

La France est restée centrale dans l'histoire familiale. Mes parents à leur tour ont emprunté la même route que Tampì une fois mariés au milieu des années soixante. La destination de leur voyage de noces s'imposa comme une évidence : Paris. De cette expédition restent pas mal de souvenirs, notamment des photos en noir et blanc prises par Tampì, sur lesquelles ma mère et mon père posent émerveillés devant Notre-Dame ou assistent au Grand Prix de l'hippodrome d'Auteuil. Et aussi une passion certaine pour la chanson française, qui les amenait à écouter dans un silence religieux et ému

Léo Ferré, français, monégasque et un peu italien, chaque fois qu'il chantait *Avec le temps* à la télé italienne ; la prédilection pour les voitures de marque française ; et les récits stupéfaits et amusés sur l'impossibilité de trouver dans tout Paris, métropole infiniment plus grande et plus chic que La Spezia, un simple cappuccino.

III

Cappuccino, carbo, fettucine et autres crimes de lèse-majesté

En comparaison avec l'époque où mes parents ont effectué leur lune de miel, les frontières internes de l'Europe ont disparu ou presque, les vols *low cost* emmènent les citoyens européens d'un coin du continent à l'autre en quelques heures, l'Homme est allé sur la Lune et mettra bientôt le pied sur Mars, mais la technologie pour avoir un cappuccino décent n'est pas encore arrivée à Paris. Ce qui est d'autant plus étrange, vu l'amour des Parisiens pour la cuisine transalpine en général et pour tout ce qui est italien. Dans le Paris qui propose de la *mozza* à chaque coin de rue, il est quasiment impossible de trouver un cappuccino réalisé dans les règles de l'art. La boisson ne contient pourtant que deux ingrédients : café et lait entier frais, dont une partie est censée être battue pour former une mousse. Celle-ci doit être dense, pas trop chaude et exempte de bulles. Dans sa version parisienne, elle atteint une température digne du Stromboli, et remplie d'air comme une montgolfière, elle flotte sur le lait et le café, trop chauds eux aussi. Ou alors, il arrive que l'on attende des heures avant que le serveur, plein de bonne volonté, ne parachève son œuvre par un dessin en forme de feuille, fleur ou cœur au centre de ladite mousse. C'est gentil, mais cette obsession pour le cappuccino façon Instagram est une mode récente américaine plus qu'italienne.

La passion française – que les Italiens ne soupçonnent pas – pour nos spécialités locales, notamment le spritz, le limoncello ou la mozzarella, a conduit à l'arrivée d'Eataly, une grande épicerie italienne, jusqu'au cœur du Marais à Paris. Et pourtant… Dans de nombreuses brasseries publiques et autant d'appartements privés, nombreux sont les crimes qui s'y commettent, que les Italiens sont incapables de pardonner.

Haro sur la carbo !

D'abord, les pâtes servies en garniture avec la viande et les légumes. Exemple : bavette, haricots verts et pâtes trop cuites sans sauce. Horrible. Les pâtes ne peuvent pas être utilisées comme accompagnement. Elles sont un plat à elles toutes seules. Ensuite, une fois ce simple principe intégré, il y a le problème de la carbo, version française de la *pasta alla carbonara*.

Il y a quelques années, le site français Demotivateur a publié une vidéo avec la recette présumée de ce plat, l'un des plus simples, authentiques et délicieux de la tradition romaine. Réactions indignées en Italie, colère sur les réseaux sociaux (« OK, gardez la Joconde mais ne touchez pas à la carbonara, sinon nous envahissons la Corse »). Bref, un crime de lèse-majesté. Les pâtes à la carbonara sont une affaire sérieuse et les Français sont accusés de confondre rigueur et simplicité de notre gastronomie en faisant n'importe quoi avec des recettes centenaires. Le site a rapidement retiré la vidéo, mais le mal était fait : sur des farfalle (le type des pâtes, déjà, ça ne va pas) trop cuites, on jette un œuf, des lardons et surtout, péché impardonnable, de la crème fraîche. Même sans user de grands mots comme « appropriation culturelle », ce qui agace pas mal d'Italiens c'est la facilité avec laquelle en France – et dans le monde – on pense pouvoir reproduire, avec nonchalance, la cuisine italienne. La carbonara est un plat extraordinaire à condition de respecter les règles de base et d'utiliser les bons ingrédients : spaghettis, jaune d'œuf, un par personne plus un pour « la casserole », pecorino (mais on peut déroger avec du parmigiano), huile d'olive, sel et poivre noir, et guanciale (à la rigueur, de la pancetta, plus facile à trouver).

Les Français qui aiment l'Italie, qui rêvent du soleil, de la pizza et de la bonne humeur italienne, qui adorent passer leurs vacances dans une ambiance bon enfant loin de la prétention parisienne, doivent savoir que l'affection est réciproque, bien sûr. Mais en même temps il est possible qu'ils soient également perçus comme des barbares qui ont volé la Joconde (on y reviendra) et qui arrosent la carbonara de crème fraîche.

L'apparente bonhomie des Italiens se fait la malle quand on touche à leur assiette. Cette susceptibilité doit être acceptée, du moins comprise, car le monde regorge d'une italianité inconnue des Italiens eux-mêmes. Lors de mon Erasmus parisien, dans le supermarché près de l'appartement de Simone de Beauvoir, j'ai découvert pour la première fois des produits proposés comme typiquement italiens avec le code couleur adéquat (vert, blanc et rouge), entre autres le parmesan, triste imitation de notre gloire laitière nationale, le Parmigiano Reggiano, et les pâtes Panzani, inconnues au bataillon.

Les pâtes Panzani méritent à elles seules un peu d'attention, ne serait-ce que parce qu'elles ont fasciné avant moi un observateur d'un rang bien supérieur (*spoiler* : lire plus bas). Selon l'histoire officielle de la marque, et que je me garderai bien de remettre en cause, Giovanni Ubaldo, né en Italie en 1911, émigre en France en 1925 et change de nom, se faisant appeler Jean Panzani. Dans le grenier de ses grands-parents à Parthenay, non loin de Poitiers, le jeune Jean Panzani commence à produire des pâtes artisanales qu'il livre ensuite à vélo. Après la guerre, début de la production industrielle, jusqu'au rachat de l'entreprise par la multinationale française Danone en 1973. Aujourd'hui, Panzani appartient au groupe espagnol Ebro Foods. Si Giovanni Ubaldo est italien de naissance, ses pâtes sont cent pour cent françaises, tout comme les inventions postérieures de l'entreprise agroalimentaire, qui scandalisent les puristes : pâtes à cuisson ultra-rapide, trois minutes seulement, ou carrément déjà cuites à réchauffer à la poêle, ou encore une sauce tomate conditionnée dans une sorte de gros tube dentifrice à presser directement dans l'assiette. Pourtant, la mise en scène d'une authenticité italienne de mauvais aloi fonctionne si bien que des amis français m'ont préparé des spaghettis avec amour, en déclarant : « Ce sont des Panzani, de vraies pâtes italiennes ! »

Roland Barthes prend conscience de la maîtrise en communication de Panzani dès 1964, avec un texte[1] extraordinaire consacré aux vraies

1. « Rhétorique de l'image », in *Communication*, n° 4, 1964, p. 41-42.

fausses pâtes italiennes, à partir d'une image publicitaire. À l'intérieur d'un filet de courses partiellement ouvert, sorte de corne d'abondance qui laisse échapper quelques produits avec une générosité maternelle, on voit des tomates, des champignons, de l'ail, des oignons, un poivron, une boîte de sauce Panzani, deux paquets de spaghettis Panzani et du parmesan de la même marque, « à l'italienne, de luxe ». Le fait que les pâtes puissent être considérées comme un produit de luxe, au même titre qu'une Ferrari ou une robe Valentino, trahit déjà le regard rêveur, affamé d'exotisme. Les couleurs dominantes sont évidemment le vert, le blanc et le rouge, mais certains mots révèlent la tentative de concilier deux besoins opposés : revendiquer l'italianité, selon le terme de Barthes, des produits Panzani, et en même temps rassurer les Français sur le fait qu'ils ne viennent pas de trop loin. Ainsi dans le rouge du drapeau tricolore italien, sur le paquet de spaghettis, est-il clairement écrit « Parthenay, France », ce qui est une façon paradoxale de renforcer la valeur chaleureuse (très italienne) de la proximité du foyer, de la famille. La boîte de sauce revendique son luxe *a l'italiana*, oubliant la faute d'orthographe (*all'italiana* en italien grammaticalement correct). Mais peu importe : ce genre de « nature morte », comme le définit Barthes, atteint parfaitement son objectif : évoquer l'Italie de carte postale que les consommateurs français ont en tête lorsqu'ils achètent des produits Panzani. Pour couronner le tout, et finir la recette en beauté, ajoutons qu'en italien *panzana* signifie « blague ».

Il misterioso *Alfredo et ses fettuccine*

Une autre bizarrerie de la gastronomie pseudo-italienne : les fettuccine Alfredo, plat très populaire aux États-Unis et souvent conseillé dans les livres de recettes français. Aucun Italien ne pourra vous dire qui est Alfredo, car en Italie personne ne l'a jamais rencontré. La légende veut qu'Alfredo soit le chef d'une trattoria romaine au début du XXe siècle, qui eut l'idée de mettre à sa carte un plat fait maison, des pâtes au beurre et au parmesan que les Italiens ont en réalité l'habitude de manger depuis des siècles, quand il n'y a rien d'autre dans les placards de la cuisine ou quand il vaut mieux manger légèrement, *in bianco* (sans sauce tomate). Selon *Gambero Rosso*, un guide de la gastronomie italienne, les stars du cinéma muet Douglas Fairbanks et Mary Pickford les ont goûtées dans la fameuse trattoria romaine et « importées » à Hollywood. À partir de ce moment-là, les fettuccine Alfredo se sont mises à prospérer. Aujourd'hui leur version mondialisée comprend souvent de la crème fraîche, qui n'est pas utilisée en Italie (souvenez-vous de la carbo).

Mais les malentendus culinaires ne sont pas l'apanage d'une seule des deux nations. La popularité universelle – sauf en Italie – des fettuccine Alfredo a son équivalent transalpin encore très récemment quand un touriste italien commandait un « paillard » au restaurant, une fois arrivé en France. Effrayé par des plats inconnus, trop élaborés ou nageant dans la sauce, l'Italien à Paris se réfugiait dans le paillard (peut-être aussi dans l'acceptation de son deuxième sens, mais ça, c'est une autre histoire qui ne nous regarde pas) comme gage de simplicité : « Au moins, un paillard, ils pourront me la préparer », se disait-il avant de passer commande. Cette demande a dû faire hausser plus d'un sourcil à la confrérie des serveurs, se demandant s'ils avaient une tête à mener une vie dissolue à la Rabelais. Jamais je n'ai trouvé ce mot sur la carte d'aucun restaurant français et difficilement dans un dictionnaire français. Cette grande escalope de veau fine et aplatie est en réalité un terme de boucherie.

Raffinement ou simplicité, faut-il choisir ?

Si les Italiens se soucient tant de leur cuisine, et de la précision avec laquelle il faut l'aborder, c'est peut-être pour des raisons historiques et sociologiques. L'art culinaire français est né dans les palais de la monarchie et de l'aristocratie pour se développer ensuite dans les cuisines de la haute bourgeoisie, avec des plats élaborés et raffinés. La cuisine italienne, quant à elle, fonde son succès sur des plats populaires – extraordinaires s'ils sont exécutés dans le respect de leur authenticité. Ce sont deux imaginaires différents : la France évoque le raffinement ; l'Italie, la simplicité. Et ceux qui sont assignés au rôle de simples roturiers ne regardent pas toujours vers le haut avec sympathie, craignant d'être traités avec dédain et ne se doutant pas une seule seconde que les Français se pâment devant la *cucina italiana*.

Petit indice : en 2021, le Syndicat normand des fabricants de camembert déplorait que les Français consomment plus de mozzarella que de camembert. Entre le 1er janvier et le 11 septembre 2021, 33 170 tonnes de mozzarella ont été avalées en France contre 29 230 tonnes de camembert. Symboliquement, c'est un triomphe pour mes compatriotes qui néanmoins s'interrogent sur la propension des Français à abréger son appellation, comme si le fait de prononcer « mozzarella » en entier, avec ses cinq lettres de plus, coûtait plus de temps et d'effort que de la couper en rondelles.

La « mozza » évoque la modernité, un goût international dans ces temps de globalisation.

Est-ce la raison pour laquelle la mozzarella lambda, celle que l'on trouve dans les supermarchés, a subi la même baisse de qualité que le camembert ? Fabriquée avec du lait pasteurisé et non cru, auquel on ajoute de l'acide citrique, elle offre une substance blanche insipide, à la consistance caoutchouteuse, mais suffisante apparemment pour satisfaire une envie d'Italie.

Les consommateurs français les plus exigeants se tournent alors vers les nombreuses épiceries fines proposant des produits haut de gamme à des prix haut de gamme aussi, pour y acheter une autre spécialité italienne à la mode partout dans le monde, y compris en Italie : la *burrata* (en France, on trouve également la mention « buratta » ou encore « burratta » : les doubles consonnes italiennes sont un piège pour les étrangers). Totalement inconnue de mes compatriotes, en particulier ceux du Nord, jusqu'à récemment, la *burrata* n'est pas une mozzarella. Elle vient de la région des Pouilles et non de Campanie. C'est un fromage caillé à pâte filée avec adjonction de crème, désormais incontournable dans les restaurants parisiens.

Parmigiano à toutes les sauces

La passion pour la gastronomie italienne prend parfois des formes curieuses. Je vois beaucoup de

Français mettant partout de généreuses cuillerées de Parmigiano Reggiano râpé, même sur des spaghettis aux fruits de mer, ce qui en Italie est un sacrilège : on ne met pas de parmigiano sur du poisson. Tout comme il est interdit de penser ne serait-ce qu'un instant à mettre de l'ananas sur une pizza. Ah, la pizza. Un sujet délicat. Contrairement au cappuccino, il est désormais possible de la trouver de bonne qualité à Paris et ailleurs, dans les nombreux restaurants italiens ou présumés tels. On arrive ainsi au phénomène de l'*Italian sounding*, c'est-à-dire de ces produits qui sonnent italiens mais ne le sont pas, à l'instar de pâtes Panzani. Pour paraphraser le slogan d'un soda des années quatre-vingt, ça y ressemble, ça en a la couleur, mais pas le goût.

Del Arte et Big Mamma

Connaissez-vous l'*Italian sounding* appliqué à la restauration ? Prenons l'exemple de la chaîne Del Arte, qui se proclame « numéro 1 en France des restaurants italiens ». Après sa première enseigne en 1984 et le passage en 1995 du groupe Accor au groupe Le Duff (Brioche Dorée, Le Fournil de Pierre...), Del Arte a ouvert plus de deux cents établissements dans toute la France au rythme de dix à quinze ouvertures par an ; elle fait désormais partie du paysage français, en centre-ville mais surtout dans cette France périurbaine décrite par l'essayiste Christophe Guilluy. Il ne s'agit pas ici de critiquer la qualité de ses produits, ni le droit des entrepreneurs français à vendre une certaine idée de l'Italie. Notons seulement, avec une pointe d'amusement, qu'ils ont choisi une expression qui n'existe pas dans la langue italienne : *del* est un article contracté, décliné au masculin ; *arte* est féminin. La formulation correcte serait donc *Dell'Arte*, à moins que Del Arte ne soit censé évoquer un personnage italien inexistant, un Arlequin charmant, dont le nom de famille pourrait un peu rappeler la *commedia dell'arte*. En tout cas, la chaîne de restaurants italiens les plus répandus en France a un nom qui perturbe immédiatement lesdits Italiens.

Autre histoire entrepreneuriale des plus réussies ces dernières années, c'est celle de Big Mamma, un empire parisien de pizzerias et de *ristoranti*. Les fondateurs de Big Mamma ont lancé le concept en 2015 et font travailler aujourd'hui 750 employés italiens. Mais les fondateurs, eux, sont deux trentenaires… français, Victor Lugger et Tigrane Seydoux. En Italie, dans ce cas-là, on utilise l'expression « vendre du riz aux Chinois », ou sa variante « vendre des glaçons aux Esquimaux ». Autrement dit, la chaîne de pizzas la plus réussie de Paris, qui s'appuie entièrement sur l'authenticité italienne, n'est pas italienne. Ce qui en dit peut-être un peu sur la passion des Français pour l'Italie, et aussi sur l'éternelle faiblesse des Italiens à ne pas savoir valoriser leurs atouts.

Si la pizza à Paris est bonne, la pâte présente désormais une consistance correcte, la sauce tomate n'est pas trop acide et la mozzarella provient généralement de Campanie, elle est devenue un produit de luxe. Un comble pour les Italiens. En Italie, peut-être pas à Milan mais certainement à Rome, Naples et dans les petites villes de toute la Botte, on trouve des pizzerias qui font des pizzas extraordinaires, souvent à emporter, à des prix très abordables, fidèles à l'esprit originel : une nourriture populaire et pas chère. « Ce soir, pas de cuisine à faire, on va se chercher des pizzas » : la phrase est courante dans de nombreuses familles italiennes, même celles qui ont un petit budget. À Paris, où la moins chère des pizzas Margherita coûte douze euros, cette insouciance n'est pas de mise. Voici la plus grande trahison de la formule originale. Avec son prix, la pizza entre dans la catégorie de la haute cuisine. Un contresens historique.

Mes concitoyens installés à Paris, en revanche, peuvent se consoler d'une autre manière. Pour treize euros, ils ont la possibilité de s'offrir une douzaine de fines de claire de Marennes-Oléron n° 3 au supermarché. Les huîtres : un luxe inabordable pour des générations d'Italiens. Ce symbole du raffinement de la gastronomie française au prix d'une pizza Margherita, c'est le monde à l'envers.

Si la cuisine est parfois tout un art, la série de nos petits ressentiments vis-à-vis des Français dépasse celui-ci pour s'en prendre à l'art, le vrai, le grand. Parce que si l'on peut pardonner à l'*italianissimo* Leonardo da Vinci d'être allé mourir en France en 1519, à Amboise très exactement, chaque compatriote en visite au Louvre se demandera, avec plus d'agacement que de curiosité : « Mais pourquoi diable Monna[1] Lisa est-elle accrochée ici et non à la galerie des Offices à Florence ? »

---

1. Eh oui, Monna s'écrit avec deux *n*. C'est une abréviation du mot italien *madonna* (madame), donc Monna Lisa, madame Lisa, devient Dame Lisa. Une bonne chose à savoir d'autant plus que *mona* avec un seul *n* est un mot d'argot dont je vous laisse chercher le sens. Ce n'est pas moi qui le dis, mais le très sérieux site du Grand Palais (même si la Joconde est au Louvre).

IV

Rendez-nous la Joconde !

« Oui je voudrais la voler/ Je voudrais voler ce qui m'appartenait. » Ainsi commence *Monna Lisa*, le tube du rockeur italien Ivan Graziani que j'écoutais à dix ans à la radio, grâce aux premières stations privées comme Radio Time, qui, comme son nom ne l'indique pas, était génoise. À l'époque, le riff de guitare, la basse de Hugh Bullen et la batterie de Walter Calloni m'attiraient plus que le texte qui, je l'ai découvert plus tard, évoque l'éternelle question non résolue entre les Italiens et la France : celle de la Joconde.

Vous ne vous en doutez peut-être pas, amis français, mais le « Rendez-nous la Joconde ! » est une requête qui sommeille, plus ou moins sérieusement, dans l'esprit de nombreux Italiens lorsqu'ils pensent à la France, ayant le sentiment d'être victimes d'une injustice de l'Histoire, qui leur fait nourrir le complexe du cousin moins fortuné qui ne supporte pas le spectacle du pique-assiette profiteur. Plus ou moins consciemment, ils éprouvent de la colère, celle de se sentir floués et insuffisamment récompensés pour leur génie.

Vivant dans un pays dont l'unification est somme toute récente (à peine plus d'un siècle et demi), après des siècles de divisions entre communes, seigneuries et petits États, sans parler des rivalités régionales, les Italiens regardent un peu d'un mauvais œil les succès du vieux et puissant État centralisé de l'autre côté des Alpes. Le constat de départ, traversé par un sentiment à la fois d'infériorité et de supériorité, est que le génie est presque toujours italien, mais que la capacité d'en profiter est fatalement réservée aux étrangers. Et rien ne confirme plus cette croyance que le fait que la Joconde de Léonard soit exposée au Louvre. Le tableau le plus célèbre au monde a été peint par un Italien (bien que l'Italie réunifiée n'existât pas à l'époque) né en Toscane, et pourtant des touristes du monde entier font la queue devant le musée du Louvre à Paris et non pas à la galerie des Offices à Florence. C'est, pour beaucoup, inacceptable. Quand en Italie il m'arrive de dire dans une boutique ou un bar que j'habite à Paris, les réactions vont du « *Beato te* » (Quelle chance) à « *Che città meravigliosa* » (Quelle ville merveilleuse) en passant par le classique « Mais les Parisiens sont arrogants », sans jamais oublier l'inévitable remarque, parfois amusée et parfois pas tant que ça : « En tout cas, il faut qu'ils nous rendent la Joconde. »

La folie de Vincenzo Peruggia

Monna Lisa, la chanson d'Ivan Graziani citée plus haut, est un hommage à la folie du peintre en bâtiment Vincenzo Peruggia, qui en 1905 quitte sa ville natale de Dumenza en Lombardie, pour chercher du travail à Paris. Après quelques emplois précaires, il est embauché par l'entreprise qui doit mettre sous verre les grands chefs-d'œuvre du Louvre. L'artisan sait que Napoléon a volé des œuvres un siècle plus tôt, lors de la campagne d'Italie ; voyant la Joconde de près, il décide que le lieu approprié pour ce chef-d'œuvre n'est pas Paris, mais Florence. Il veut voler ce qui lui appartenait, comme le chantera Ivan Graziani. Cet homme, à l'instar de nombreux Italiens contemporains, ignore que la Joconde ne fait pas partie du butin de guerre napoléonien, mais qu'elle a été offerte par Léonard de Vinci au roi de France, François Ier, au début du XVIe siècle, en échange d'une pension de sept cents écus d'or par an.

Quoi qu'il en soit, le lundi 21 août 1911, jour de fermeture du Louvre, à 7 heures du matin,

Vincenzo Peruggia se mêle aux autres ouvriers qui travaillent dans l'enceinte du musée pour entrer dans la salle où est exposée la Joconde. Il décroche du mur le tableau de Léonard, le recouvre d'un drap et rentre chez lui en courant. À l'époque, la sécurité du Louvre était pour le moins approximative (un mois plus tôt un journaliste avait dormi toute une nuit durant dans un sarcophage pour démontrer qu'on pouvait entrer dans le musée comme dans un moulin). Et de fait, il fallut plus d'une journée pour que l'alerte soit donnée. Le lendemain matin du kidnapping de Dame Lisa, le peintre Louis Béroud pénètre dans le Louvre à l'ouverture, se rend dans la salle de la Joconde pour admirer… l'espace vide entre une toile du Corrège et un tableau du Titien. Après plusieurs heures de recherches, il n'y a plus de doute : la Joconde a été volée.

La police est aussi efficace que les gardiens du musée, c'est peu dire. Parmi les interpellés figurent entre autres Guillaume Apollinaire et un jeune artiste paumé, Pablo Picasso. Au tribunal, un Picasso terrifié expliquera qu'il n'a racheté à Apollinaire que quelques statuettes enlevées des années plus tôt, mais qu'il n'a rien à voir avec le vol de Madame Lisa.

Également interrogé, Vincenzo Peruggia parvient à convaincre l'inspecteur qu'il a un alibi : il n'est pas venu travailler ce jour-là car il avait trop bu la veille au soir. La concierge de l'immeuble, en échange de quelques francs, confirmera sa version. Pendant deux ans et demi, le tableau le plus célèbre et le plus recherché au monde reste caché chez le peintre en bâtiment – sous son lit. En décembre 1913, Peruggia trouve enfin un contact en Italie : il fait le voyage en train, dissimulant sa compagne dans sa valise sous des vêtements, franchit les contrôles de douane, et rencontre un collectionneur à l'hôtel Tripolitania de Florence. Le lendemain, au lieu de la récompense attendue, ce sont les *carabinieri* qui l'attendent de pied ferme. Arrêté, il est condamné en appel à sept mois de prison, et madonna Lisa – après avoir été néanmoins exposée à Florence et à Rome – fait son come-back à Paris.

Si le geste extrême de Peruggia est resté isolé, le sentiment qui l'anime est toujours assez répandu chez mes concitoyens. Le « Rendez-nous la Joconde ! » relève, parfois de manière inconsciente, du sentiment national. Un réflexe qui se déclenche périodiquement, comme le petit marteau sur le tendon rotulien. En juillet 2016, le célèbre critique d'art Vittorio Sgarbi, au volant sur l'autoroute, poste une vidéo sur son profil Facebook pour annoncer : « Au lieu de rester sur Facebook à me plaindre, à écrire des commentaires idiots comme beaucoup d'entre vous le font, je vais directement à Paris pour ramener Monna Lisa à la maison. Parce que si je ne le fais pas, elle ne reviendra pas toute seule. » Enthousiasme populaire à la suite de sa déclaration avec des millions de vues en quelques heures, mais *Missione Monna Lisa* était en réalité un coup publicitaire de Citroën Italie. À la fin de l'aventure, Sgarbi récupère non pas le tableau de Léonard, mais une édition limitée Mona Lisa de la Citroën C3. Pourtant beaucoup de mes concitoyens l'ont cru, pensant vraiment que le critique allait reprendre « ce qui nous appartenait », et ils ont réagi avec colère lorsqu'ils se sont rendu compte qu'ils s'étaient fait berner. Quoi qu'il en soit, la vidéo s'est avérée très astucieuse, car la voiture s'est vendue plus que prévu. Les publicitaires avaient compris qu'ils titillaient un sentiment bien réel.

Le réflexe « Rendez-nous la Joconde ! » est là, prêt à jaillir chaque fois que les Italiens se sentent menacés par la puissance bleu-blanc-rouge. Lorsque de grands groupes français absorbent des marques italiennes historiques, et cela arrive souvent – Lactalis qui rachète Parmalat ou LVMH qui reprend Bulgari ou Kering, propriétaire de Gucci –, la réaction de l'opinion publique italienne est souvent l'agacement, oubliant que dans la plupart des cas ces opérations s'avèrent fructueuses et génératrices d'emplois. Les PME italiennes, détentrices de marques indépendantes, aussi extraordinaires soient-elles, ne peuvent pas survivre sur le marché mondial, et ceux qui les rachètent les font généralement prospérer plutôt qu'ils ne les pillent. Mais les industriels français qui font leur shopping en Italie (le tout couplé à l'attitude protectionniste de Paris lorsque les acquisitions se font dans l'autre sens) suscitent une irritation qui fait résonner le vieux « Rendez-nous la Joconde ! » en nous.

Giorgia Meloni, pas encore cheffe du gouvernement italien à l'époque, a vivement protesté en 2019 quand un journaliste de France 2 a osé qualifier Léonard de Vinci de « génie français » : « Le rachat des entreprises stratégiques italiennes n'a pas suffi, voilà que les Français se lancent dans un colonialisme culturel maladroit. Ridicule ! » Meloni, qui sait aiguillonner les réflexes nationalistes de son électorat, s'était montrée encore plus explicite l'année précédente, lorsque le président Macron avait invité l'écrivain de gauche Roberto Saviano à l'Élysée. À cette occasion, la cheffe du parti Fratelli d'Italia avait proposé : « Macron, garde Saviano et rends-nous la Joconde. »

Cappuccino, pizza, pâtes, Joconde… Autant de pommes de discorde qui n'empêchent pas la francophilie. De Nice (à ce propos, il existe aussi la formule « Rendez-nous Nice et la Savoie ! ») à Paris, des millions d'Italiens visitent la France chaque année ou rêvent d'acheter un pied-à-terre, même minuscule, à Paris, à l'instar des écrivains Italo Calvino ou Umberto Eco. Mais même chez les francophiles les plus constants, un brin de rivalité persiste. Le génial Paolo Conte, qui a connu ses plus grands succès à l'Olympia, et qui a dédié à la France des chansons magnifiques comme *Parigi*, *Madeleine* ou *Come di*, a su exprimer une fois pour toutes ce désir de revanche avec le titre *Bartali*, un chef-d'œuvre qui décrit un spectateur qui guette au bord de la route, *tra i Francesi che si incazzano* (au milieu des Français énervés), le champion italien du Tour de France. Cette phrase, répétée à trois reprises dans la chanson, fait toujours sourire ceux qui l'écoutent en leur provoquant un petit frisson de satisfaction.

V

Le narcissisme des petites différences

La propension des Italiens à l'antagonisme s'exprime aussi, et beaucoup, à l'intérieur de leurs frontières. Si l'on aime cultiver et souligner les différences qui existent des deux côtés des Alpes, c'est peut-être aussi parce qu'on a l'habitude de souligner la singularité de chaque petite agglomération par rapport à sa voisine. N'importe quelle ville italienne a une identité et une histoire autonome si fortes que ses habitants se pensent différents, et en rivalité avec les autres. Comme Pise et Livourne, séparées par vingt-six kilomètres et une haine séculaire.

Selon Sigmund Freud, ce sont parfois les petites différences qui génèrent de grands conflits. L'attachement narcissique au trait distinctif nous permet de préserver et de renforcer notre identité face à ceux qui nous entourent, surtout s'ils sont en tout ou presque similaires à nous. Ce qu'il appelle « le narcissisme des petites différences[1] ». L'Histoire est pleine de conflits dramatiques provoqués par des raisons géopolitiques, bien sûr, mais dans lesquels le narcissisme des petites différences joue son rôle.

Cette névrose qui porte à exalter la microdiversité semble avoir épargné la France, capable de se construire en un puissant État centralisé où Paris est tellement hégémonique que c'est le parler « pointu », comme disent les locuteurs méridionaux, qui fait force de loi. Ailleurs, la passion pour la petite différence a conduit en Yougoslavie à des guerres ethniques épouvantables entre voisins de palier ; en Irlande du Nord, à des décennies de violence intercommunautaire entre quartiers proches à Belfast ; au Kirghizistan, aux affrontements entre Kirghiz et Ouzbeks ; et dans l'Italie contemporaine, elle a produit le concept, plus inoffensif, de « *Pisa merda* » (Pise est une merde).

Cette inscription, un Français a pu la croiser au moins une fois au cours de ses voyages à travers le monde, sans y prêter attention. Une formule dépourvue de sens pour ceux qui n'ont jamais vécu en Toscane. Mais pour un Pisan, il

1. In *Das Unbehagen in der Kultur*, 1930 pour l'édition allemande. Paru en français sous le titre *Malaise dans la civilisation*, première publication en 1943.

est possible qu'au lieu de s'en offusquer il s'attendrisse parce que *Pisa merda* lui rappellera la maison – et donc sa haine envers Livourne qu'il a tétée au sein maternel. Les *Pisa merda* gravés au couteau sont légion : sur une poutrelle de fer de la tour Eiffel ; dans l'ascenseur de l'Empire State Building ; sur la plaque métallique marquant le cap Nord ; sur un banc public à Johannesbourg ; et les mêmes deux mots ont été également repérés sur le mur de Berlin en 1989, au moment où une métropole meurtrie, divisée en deux au cœur de l'Europe, retrouvait son unité et sa liberté ; les Berlinois étaient en train de changer le cours de l'Histoire, et quelqu'un venu d'Italie n'a pas oublié d'ajouter son grain de sel, un *Pisa merda*.

Un Livournais en voyage ne peut résister à la tentation de laisser une trace de son passage. Pour cette raison, il y a quelques années, en Croatie, sur un panneau routier indiquant la ville de Pisak, une main inconnue mais certainement livournaise ajouta « *Merdak* ». Celui qui n'a pas envie de recourir au microvandalisme de l'écriture pérenne utilise le selfie depuis Barcelone, Dublin, Ljubljana, Sydney avec les mots « *Pisa merda* » écrits sur une feuille blanche, qu'il publiera ensuite sur Instagram ou Twitter.

En France, plutôt qu'entre villes d'une même région, il me semble que la rivalité se situe plutôt entre la capitale et le reste du pays. D'un côté, Paris, cœur politique, administratif, économique et culturel de la France ; de l'autre, la province où « la pluie devient une distraction », selon la célèbre phrase des frères Goncourt.

Voyageant en France du nord au sud, on traverse des régions contrastées géographiquement, mais qui sont toutes mises dans le même sac par le Parisien. Un Florentin ou un Vénitien ne sera jamais perçu comme un provincial, un sort qui, j'ai l'impression, est encore dévolu à un Bordelais ou un Breton, quelles que soient la force et la noblesse de leur identité régionale. Le reflet de cette hégémonie culturelle parisienne se retrouve à la radio et à la télévision françaises. Il est très rare d'entendre un journaliste (Jean-Michel Aphatie excepté), un animateur, un PDG, un prof de fac, un homme politique (Jean Castex et Jean Lassalle exceptés) parler avec un accent régional. Cette absence d'accent, ou plutôt la présence d'un accent similaire et indéfinissable, qui était à l'origine celui de la bourgeoisie parisienne, a fini par devenir l'accent français normatif.

Plus belle est la vie si l'on parle le « parisien »

Ce qui m'a frappé en regardant quelques épisodes de la série de France 3 *Plus belle la vie*, dont l'action se déroule à Marseille, c'est que l'accent du Sud y est quasiment absent. Peuchère ! L'histoire se passe dans les rues du Mistral, quartier inspiré de celui populaire du Panier, mais la plupart des protagonistes parlent comme des Parisiens en vacances. En comparaison, dans *Un posto al sole*, un feuilleton italien assez semblable diffusé par la Rai, qui raconte la vie des habitants d'un immeuble situé sur la colline napolitaine de Posillipo, les personnages ont l'accent napolitain, le contraire serait impensable. Et je trouve bizarre qu'au cinéma ou à la télévision Napoléon Ier parle toujours un français impeccable, sachant que sa langue maternelle était le corse et, surtout, qu'il a gardé un fort accent toute sa vie.

En Italie, les particularismes régionaux sont si prononcés, et somme toute si respectés, que se déplacer de quelques dizaines de kilomètres implique de changer de langue et parfois de mentalité.

Revenons à nos moutons : Pise et Livourne, villes toutes deux situées dans la partie nord-ouest de la Toscane. Vingt minutes en voiture, en roulant doucement, les séparent, et cette proximité est la raison de leur animosité réciproque qui prend différentes formes : rarement méchante, le plus souvent moqueuse, presque affectueuse, tout au moins ritualisée et théâtralisée, mais de l'inimitié quand même.

Avant d'essayer d'expliquer les raisons de cette aversion singulière et mutuelle entre Pise et Livourne, il faut dire que le narcissisme des petites différences appliqué aux villes se retrouve partout en Italie. Si l'époque sanglante et tragique des Guelfes et Gibelins à Florence et des Capulet et Montaigu à Vérone est bien finie, le goût des *lazzi* reste, avec la conviction enracinée que sa propre rue mais aussi sa ville sont différentes, et donc meilleures que les voisines.

Sous le manteau de la mondialisation qui nous fait regarder les mêmes séries télévisées de Syracuse à Helsinki, il couve en Italie ce fameux narcissisme de petites différences qui transforme le simple déplacement de quelques kilomètres d'une ville à l'autre en une aventure quasi anthropologique.

Le pont de Brooklyn en Ligurie

J'avais cinq ans lorsque ma famille a quitté le quartier Umbertino de La Spezia pour aller vivre à Gênes, à l'époque habitée par 800 000 personnes et formant avec Milan et Turin le *triangolo industriale* du Nord, le moteur de l'économie italienne avant la fortune ultérieure de la Vénétie. Dans l'Italie du début des années soixante-dix, déménager de La Spezia à Gênes, qui faisait pourtant partie de la même région, la

Ligurie, représentait un grand écart, ou du moins est-ce le souvenir que je garde de mon enfance dans la petite bourgeoisie.

Le trajet entre les deux villes dura une heure et demie, qui me parut évidemment trois fois plus. Quelques minutes avant de rejoindre notre nouveau domicile, Pegli, petite station balnéaire (comme La Spezia l'avait été jadis) intégrée en 1926 à la Grande Genova pendant l'époque fasciste, la métropole industrielle éprouva notre témérité : traverser, à bord de la Citroën Ami 8 blanche, l'immense viaduc Morandi inauguré peu de temps avant notre arrivée et que nous avions vu pour la première fois à la télévision en noir et blanc. Trois chevalets gigantesques en béton armé de quatre-vingt-dix mètres de haut, supportant une route placée à quarante-cinq mètres au-dessus des maisons des quartiers de Sampierdarena et Cornigliano.

Le pont Morandi était un ouvrage d'art ambitieux, fascinant et même un peu effrayant, tellement démesuré que les Génois l'avaient surnommé « le pont de Brooklyn » avec un tantinet de fierté et peut-être un soupçon de reproche. Moderne et beau comme un camion, certes, mais un peu m'as-tu-vu, une prouesse à l'américaine loin de la retenue locale. Pendant des années, lors de nos allers-retours Gênes-La Spezia à Noël et pendant les vacances d'été pour rendre visite à nos grands-parents, nous aurons parcouru le pont de

Brooklyn version ligurienne avec une pointe d'appréhension, suspendant notre souffle comme les quatre voies dans les airs, en pensant, et parfois en formulant à voix haute : « Ça va, oui ? C'est sûr ? » Lorsque, près de cinquante ans plus tard, le viaduc s'est effondré sur les maisons de Sampierdarena, le 14 août 2018, en raison d'un criminel manque d'entretien, le souvenir de nos craintes de la première heure a refait surface à côté de la compassion ressentie pour les quarante-trois victimes.

En 1973, le pont génois n'avait que six ans, ses pylônes étaient encore solides et en mesure de soutenir le développement de la ville, facilitant l'arrivée de nouveaux habitants et la connexion du port de Gênes avec la France toute proche. Nous arrivâmes à Pegli en passant – sans le savoir – devant la maison de l'architecte génois Renzo Piano, alors en charge de la construction du centre Pompidou… à Paris. Près de cinquante ans après, il dessinera et construira le nouveau pont de Gênes, à la place de celui en ruines.

En attendant de pouvoir équiper la cuisine de notre nouvel appartement, nous déjeunâmes dans le restaurant Beggeggia, maintenant disparu, avec la même circonspection et la même curiosité pour les spécialités locales que nous ressentirions des années plus tard dans un restaurant de Tromsø en Norvège.

Quartiere Giardino

À Gênes la *Superba*, république maritime qui avait donné au monde un Christophe Colomb capable de découvrir l'Amérique, ceux qui n'étaient pas génois étaient traités avec l'accueil mesuré typique des Liguriens. Bien traités donc, comme des étrangers, peu importe leur provenance, Vladivostok ou Spezia. Sur les hauteurs de Pegli, l'appartement de mon enfance faisait partie du dernier immeuble avant l'orée du bois dans le Quartiere Giardino, déclinaison locale des idées de l'urbaniste anglais Ebenezer Howard qui, à l'époque victorienne, inventa le concept de la cité-jardin. Une ville nouvelle appelée à résoudre le contraste entre ville et campagne en combinant les avantages des deux : confort, services et immeubles urbains en pleine nature.

Bâti par l'ingénieur Orazio Bagnasco, le Quartiere Giardino de Pegli vit arriver un élève de l'école primaire qui, entre 1973 et 1980, allait expérimenter le particularisme italien.

Je vivais au numéro 50 de la via Emilio Salgari, écrivain de la fin du XIXe siècle qui imagina, sans avoir jamais quitté Turin, les aventures d'un pirate nommé Sandokan, en Malaisie et dans les Antilles. Lors de mon enfance, ce personnage connut un renouveau extraordinaire grâce à la coproduction télévisée italo-française *Sandokan*, avec la sublime actrice française Carole André alias Lady Marianne, exotique et confusément érotique pour moi et mes camarades prépubères.

Au numéro 54 de la même rue, mes parents trouvèrent une alliée rassurante, une dame originaire de La Spezia qui leur permettait de bavarder entre exilés spezzini : elle vivait là depuis des années, il était donc possible de s'intégrer dans la grande métropole en croissance, même si les locaux parlaient si différemment (avec cette tendance à râler que des décennies plus tard je reconnaîtrais chez les Parisiens), sur un tempo portugais-brésilien que le génial auteur-compositeur-interprète Bruno Lauzi exaltait dans la chanson *O frigideiro* – en dialecte génois au rythme de la samba et à la gloire de l'électroménager. Nous allions donc pouvoir prendre nos marques dans le petit quartier de la grande ville. Oui, nous étions confiants, même si nous n'avions jamais mangé auparavant les incontournables *pansotti alla genovese* (raviolis à la sauce aux noix) et même si le farci de la *cima* (plat ligurien à base de veau) version génoise incorporait des petits pois et non des épinards… *Sacrilegio*.

Avec le recul, ce n'était peut-être pas tout à fait par hasard si les meilleurs amis de mes parents à Pegli étaient milanais, originaires des Pouilles. Ce n'était pas non plus un hasard si la petite bande de quatre enfants, qui avait pris le nom écologiste de Società Albero et qui roulait sur des vélos

Graziella entre le Quartiere Giardino et le bois, se composait d'un Spezzino, c'est-à-dire moi, d'un Milanais, Aldo, de deux Piémontais, Dario et Alberto, mais d'aucun Génois. Les pères de mes amis, ainsi que le mien, étaient venus à Gênes pour travailler au port en pleine expansion ou à l'aéroport. Tout comme mes arrière-grands-parents et grands-parents s'étaient installés dans le quartier Umbertino de La Spezia, créé de toutes pièces pour accueillir les nouveaux travailleurs de l'arsenal naval, de même l'explosion du port de commerce de Gênes grâce à la « révolution des conteneurs » et à l'ouverture récente de l'aéroport (construit sur la mer à l'image de celui de Nice) avait incité de nombreux salariés et cadres des régions voisines à emménager dans le nouveau Quartiere Giardino.

À cette époque, l'étranger n'était pas marocain, nigérian ou latino-américain comme aujourd'hui, mais le Napolitain ou le Calabrais émigrés du sud de l'Italie pour chercher du travail au Nord ; et ils se sentaient un peu étrangers aussi, ceux qui venaient d'arriver de Spezia ou de Cuneo, dans le Piémont. Des septentrionaux pourtant – mais pas des Génois.

C'est peut-être aussi pour cette raison que, instinctivement, je n'ai jamais vraiment compris la supposée menace que représenterait la mondialisation, les migrants et l'Europe sur l'identité nationale italienne supposée, elle, uniforme et compacte. Avant même la raison, c'est le cœur qui ne se laisse pas convaincre quand j'entends parler de nationalisme italien. Je perçois ce qu'il y a d'artificiel dans cette Italie vue comme une maison naturellement confortable pour tous ses citoyens. L'Italie existe, certainement, et je me sens italien pour mille raisons, mais sûrement pas parce que je peux, sans aucun problème, immédiatement et sans effort, me sentir chez moi partout en Italie. J'ai vécu à Gênes et à Pise, mais toujours un peu comme le nouveau venu que j'étais. Les adorables – à leur manière respective – Génois et Pisans n'ont aucune responsabilité dans cet état de fait. J'ai été accueilli, aidé et bien souvent aimé, mais il y avait toujours quelque chose, une façon de parler, une saveur différente, pour me rappeler que je n'étais pas originaire de ces cités néanmoins si proches. La personnalité des villes italiennes est si forte qu'il est possible de se sentir déraciné à quelques kilomètres de distance de sa ville natale.

Toscane, nouveau monde

À l'âge de douze ans, quand un nouveau déménagement familial m'amena de Gênes à Pise, et donc de la Ligurie à la Toscane, franchissant pour la première fois les frontières régionales, le narcissisme des petites différences m'apparut désormais clair et même amusant. En deux heures de voyage, cette fois à bord d'une Citroën GS 1220 Club couleur bronze, j'entrai avec ma sœur Valeria dans un nouveau monde, encore plus lointain que celui que j'avais trouvé à Gênes. Au collège, les nouveaux camarades étaient plus bruyants et plus chaleureux, mais aussi moins compréhensibles. Les experts linguistiques affirment que l'italien moderne coïncide substantiellement avec le toscan, et ils ont sans doute raison – en théorie. En pratique, un petit garçon italien qui arrive en Toscane de Ligurie, la région d'à côté, pendant quelques mois comprendra seulement la moitié de ce que ses amis lui racontent, eux étant aussi fascinés et étonnés par ma prononciation timide et à voix basse du nom de la ville que je venais de quitter : « *Genova* », avec le *e* fermé, et non « *Jéénova* » comme ils disaient eux, bouche ouverte.

Puis, j'ai vite appris qu'en Toscane plus ou moins toutes les villes se détestent les unes les autres : Sienne et Florence, Massa et Carrare, Lucques et Pise, Pise et Livourne, Florence et Pise. Goethe l'avait remarqué avant moi, lui qui écrivait dans son *Voyage en Italie* (1816) : « Ici, ils se heurtent tous, les uns contre les autres, d'une manière qui surprend. Animés par un esprit de clocher singulier, ils ne peuvent pas se souffrir. » Cela me semble autrement plus marqué que les controverses françaises sur le pain au chocolat qui dans le Sud-Ouest est une chocolatine.

L'esprit de clocher répandu dans toute l'Italie devient une forme d'art populaire dans l'inimitié, née plusieurs siècles auparavant, qui anime Pise et Livourne. En 1284, Pise, l'une des quatre républiques maritimes (avec Gênes, Venise et Amalfi), désormais en déclin, est définitivement vaincue par la flotte génoise près du rocher de la Meloria, au large de Livourne qui était alors un petit village de quelques maisons en bord de mer. Pise tombe sous la domination des Médicis de Florence, qui décident de couper son port de la mer, favorisant à la place le développement de celui de Livourne. Depuis lors, l'hostilité s'est maintenue au cours des siècles. Les Pisans méprisent les Livournais, Toscans de la mer donc *mangiavongole*, bouffeurs de palourdes ; les Livournais traitent les Pisans, Toscans de la terre, de *contadinotti*, faisant fi de la présence à Pise de l'École normale, fondée par Napoléon et qui a donné à l'Italie trois prix Nobel et de nombreux présidents de la République.

Reagan est pisan

En France et généralement en Europe, on cultive l'idée d'une Toscane élégante et cultivée, pays de Léonard de Vinci, Galilée, de la Renaissance et de Laurent le Magnifique, des douces collines couvertes de cyprès et du *brunello di montalcino*, l'un des meilleurs vins rouges au monde. Bien sûr, mais à côté de cela, il y a la Toscane insoupçonnée, qui se plaît à être vulgaire, irrévérencieuse, obscène, qui invente des blasphèmes plus imaginatifs les uns que les autres et qui publie *Il Vernacoliere*, le journal satirique qui ressemble à *Charlie Hebdo* par sa liberté de ton et ses dessins provocants. Le *Vernacoliere* s'en prend aux papes et aux présidents de la République, insulte en une et se moque de Silvio Berlusconi ou de Mario Draghi ou encore de Giorgia Meloni, mais ce sont surtout ses titres pleins d'humour cynique contre Pise qui font date. À l'époque de la catastrophe de Tchernobyl : « Premiers effets effrayants des radiations : un Pisan intelligent est né ! Émerveillement dans le monde, consternation en Toscane. » Ou lors de la dernière phase de la guerre froide : « Une enquête révèle : Reagan est pisan ! Peur dans le monde, alerte en Toscane. »

Livourne et Pise sont aujourd'hui des villes moyennes de taille similaire, avec les mêmes difficultés économiques, toutes les deux passées d'une tradition politique de gauche à des sympathies pour la droite, et à l'inflexion dialectale similaire, exception faite de la prononciation livournaise unique en son genre de la lettre *l* qui est systématiquement doublée. Mais c'est ici, entre Pise et Livourne, que le narcissisme des petites différences atteint des niveaux de virtuosité. Pour le dire *en français* (c'est ainsi que les Italiens, qui considèrent la langue française comme le summum du chic, annoncent parfois une grossièreté imminente) : *Pisa merda.*

Bienvenue chez les Ch'tis *et* Benvenuti al Sud

Le visionnage de *Bienvenue chez les Ch'tis* de Dany Boon en 2008, alors que je n'étais pas encore installé en France, a été une surprise pour moi. Bien sûr je comprenais l'amertume du protagoniste contraint de quitter la Côte d'Azur, mais j'ignorais l'existence des stéréotypes négatifs sur le nord de la France. Pour un Italien, le Nord est censé être la partie du pays la plus développée, celle que l'on habite volontiers pour gagner mieux sa vie même si le temps est moins clément. Pour la première fois, je découvrais l'existence d'un accent ch'ti et tout un folklore : la bière, les frites, le sens de l'accueil... Vu le grand succès international du film, un remake italien a été tourné deux ans plus tard. Si dans le film original, Philippe (Kad Merad) est sanctionné par sa hiérarchie en étant muté dans le nord de la France, dans sa version italienne, Alberto (Claudio Bisio) subit la punition d'un transfert dans le sud de l'Italie. Philippe entame son voyage en voiture avec doudoune et écharpe comme s'il partait au pôle Nord ; Claudio, lui, endosse un gilet pare-balles pour se protéger des tirs du crime organisé qui, forcément, l'attendent dans le Sud.

Biarritz dreaming

Lorsque l'on regarde la fuite actuelle des Parisiens hors de la capitale, surtout après les confinements dus au Covid, les Français ne seraient-ils pas en train de s'inspirer un peu de l'Italie et du rôle de premier plan donné à ses villes moyennes, à taille humaine ? Une ruée vers l'ouest qui a pour destination Bordeaux ou Nantes, mais aussi vers des communes moins importantes et généralement associées aux vacances comme Biarritz ou Saint-Malo. Paris semble perdre en attractivité. Si dans les *Illusions perdues* de Balzac le jeune provincial quitte Angoulême pour la Ville Lumière, la ville des « gens supérieurs », le monde des lettres et de la haute société, les Lucien de Rubempré d'aujourd'hui semblent faire le chemin inverse.

En Italie, en revanche, la capitale économique du Nord, Milan, est toujours en état de grâce. Bien administrée, relativement riche, moderne, elle reste un aimant pour les jeunes Italiens. Une exception de poids dans la Botte. Milan est la ville qui aime se définir comme la plus européenne – et peut-être donc la moins italienne – d'Italie.

VI

On ne naît pas milanais, on le devient

« *Arrigo Beyle, milanese* », lit-on en italien sur la tombe de Stendhal au cimetière de Montmartre. En choisissant cette épitaphe, avec son prénom à l'italienne et une déclaration d'amour éternel à Milan, Henri Beyle alias Stendhal nous révèle ce qu'il avait compris dans la première moitié du XIXe siècle et qui reste d'actualité : on ne naît pas milanais, on le devient. Comme lui, Français de Grenoble, tout comme des centaines de milliers d'Italiens qui, après la Seconde Guerre mondiale principalement, ont emménagé à Milan, la seule ville italienne où l'on n'a pas besoin d'être milanais depuis sept générations ou tout du moins d'être né ici, ou encore d'avoir des grands-parents venus s'y installer en provenance de Bari, Naples ou Venise, pour se sentir chez soi.

Ce narcissisme des petites différences qui dans d'autres villes d'Italie génère des rivalités depuis des siècles et un léger, mais constant, sentiment de dépaysement chez ceux qui arrivent d'ailleurs, ne serait-ce que de quelques kilomètres, n'a pas cours à Milan. L'autre ville à la mesure de cette capitale économique, c'est Rome, la capitale politique du pays, qui cependant joue fondamentalement dans une autre division : celle des cités éternelles. Milan se sent différente et unique par rapport à l'Italie tout entière, et de fait c'est seulement ici que l'on peut se sentir *locale* quelle que soit son origine.

De ce point de vue, Paris est peut-être plus proche de Milan que de Rome, bien que cette dernière reste la seule ville au monde avec laquelle Paris est officiellement jumelée. « Être parisien, ce n'est pas être né à Paris, c'est y renaître », disait Sacha Guitry, et ce trait rend semblables Milan et Paris, toutes deux habitées par une large majorité de gens nés ailleurs, à près de soixante-dix pour cent dans les deux cas.

Ça va ne pas barder pour son matricule F205

Personne n'oserait dire « Florentin, on le devient » ou « Romain, on le devient ». « On ne naît pas milanais, on le devient », c'est une évidence pour les sept habitants sur dix qui n'ont pas dans les chiffres du *codice fiscale* (l'équivalent du numéro de Sécurité sociale français) le matricule F205, propre à ceux qui sont nés à Milan.

À Milan, le lieu de naissance est dans les faits une formalité administrative, guère plus. Personne ne vous demande votre *codice fiscale* pour savoir si vous êtes « F205 », de la même manière que personne ne vous demande d'où vous arrivez, à la différence d'autres villes italiennes. Et si cela se produit, c'est pour briser la glace, histoire de parler d'autre chose que de la météo, certainement pas pour souligner une étrangeté qui a raison d'exister peut-être à Rome, Turin, Naples, Gênes, Pise ou Livourne, partout sauf à Milan.

À Milan, on vient tous d'ailleurs, à de rares exceptions près ; j'y ai vécu pendant dix-huit ans et je n'ai jamais rencontré de Milanais né à Milan de parents natifs de Milan, et je ne parle même pas des grands-parents. Aux amis français qui pensent tout de suite à la mode, aux affaires et à la finance milanaises ou peut-être, pour les footeux, à l'Inter ou au Milan AC, ou encore, pour les gourmands, au panettone et au risotto au safran, je voudrais dire : tout est vrai, mais ce qui rend Milan vraiment spéciale, c'est que vous aussi, comme Stendhal, vous pouvez devenir milanais. Et aimer ça.

Peut-être sera-t-il plus facile de devenir milanais si vous êtes parisien en raison de cette tendance partagée à se sentir différents de ses compatriotes – meilleurs, plus modernes, plus efficaces… Hemingway explique dans *Paris est une fête* que les trois arcs néoclassiques – Arc de triomphe, Arc du Carrousel à Paris, Arco della Pace à Milan – sont orientés parallèlement dans la même direction. Et que la route Napoléon relie Milan à Paris par la Suisse et le col du Simplon.

En tout cas, pour devenir milanais, il s'agit d'être un peu italien en abandonnant l'image du Méditerranéen qui profite de la vie et du soleil du sud de l'Europe.

Le Milanais est pressé et déteste être en retard. C'est un cliché, et c'est vrai. Dans les rues, il est impossible de ne pas remarquer les 1 350 horloges publiques, les plus anciennes d'Europe, installées par la municipalité à partir de 1873, qui tous les trois cents mètres, à une époque pré-smartphone, maintenaient le Milanais sur des charbons ardents, semblant lui répéter sans cesse : « Dépêche-toi, il est tard », comme le Lapin blanc d'*Alice au pays des merveilles*.

Ce n'est pas un hasard si la ville a porté l'invention turinoise de l'apéritif à un autre niveau : le soir, on peut juste déguster un *Negroni sbagliato* (Martini rouge, bitter Campari et spumante au lieu de gin) ou tout autre cocktail au comptoir du bar Basso, coupant court au rituel italien consistant à rester assis à table pendant trois heures. Ou bien profiter de l'*happy hour* qui, partout ailleurs dans le monde, signifie deux cocktails pour le prix d'un et qui à Milan devient « payer un cocktail et manger gratos », ou encore l'*apericena* (sorte d'apéro dînatoire). L'important est de rester dynamique, en mouvement. C'est le *sbattimento*, la tendance à s'activer à chaque instant parce qu'il y a mille choses à faire et qu'on est peut-être déjà en retard. Pas de place pour la *pennica*, la sieste à la romaine. Mais participer à la construction d'une nouvelle identité en en additionnant de nombreuses autres peut se révéler grisant. Sans compter le sentiment répandu qu'à Milan ce n'est pas le départ qui compte mais bien l'arrivée.

Une Stazione centrale vs *sept gares parisiennes*

Après mon passage à l'université de Pise dans les années quatre-vingt-dix, j'ai choisi de poursuivre mes études à l'école de journalisme de Milan. Je suis arrivé par le train dans la gigantesque gare centrale de Milan que Jean-Paul Sartre ne portait pas dans son cœur – « le monument le plus laid de toute l'Italie » –, peut-être parce qu'elle avait été inaugurée par le pouvoir fasciste ou bien parce qu'elle se heurte à cette conception d'élégance généralement associée à l'Italie. Il existe plusieurs gares ferroviaires à Milan, Cadorna, Garibaldi ou Rogoredo par exemple, mais aucune n'est comparable à la Stazione centrale qui l'emporte sur toutes les autres et qui ressemble à une usine à brasser des Milanais. Paris est différente avec sa répartition des gares selon la province desservie : la gare de Montparnasse pour les Bretons, ou la gare du Nord pour les Picards. À Milan, la gare centrale, immense, massive, avec ses vingt-quatre voies, donne immédiatement le ton de la ville : ici la beauté existe mais elle se cache dans les cours intérieures des palais habsbourgeois ; ici, surtout, on bosse.

La Stazione centrale est un lieu fondateur de Milan et de l'Italie ; des milliers d'ouvriers, d'étudiants, de cadres sont arrivés ici, convaincus que s'ils avaient un tant soit peu une chance de réaliser quelque chose dans leur vie, c'était à Milan qu'il fallait le tenter. À mon arrivée dans cette fourmilière, j'ai été accueilli par Francesco et Giordano, deux chers amis rencontrés lors de mon Erasmus parisien, et par la famille de ma tante Gianna. J'ai eu beaucoup plus de veine que Totò et Peppino, personnages iconiques du cinéma italien des années cinquante, à l'époque de la première grande migration interne vers les villes industrielles.

Totò et Peppino sont des ploucs de Naples qui partent à l'assaut de Milan pour ramener à la maison le neveu tombé amoureux d'une *malafemmina*, une mauvaise femme, danseuse de profession[1]. Les deux frères Caponi s'engagent dans leur voyage vers la grande métropole du Nord comme s'ils s'aventuraient dans un autre monde, froid et inconnu, bref, la Sibérie : en descendant du train, ils arborent des toques en fourrure et tiennent à la main une lampe à huile pour se frayer un chemin à travers le fameux brouillard milanais.

Dans une autre scène du film, les deux provinciaux, perdus et inexpérimentés, arrivent devant le magnifique Duomo de Milan et hésitent à demander leur chemin à un agent de police. « Demandons à ce soldat », suggère l'un d'eux. « Tu es fou ? Ce doit être un général autrichien », répond l'autre. Finalement, avec une prudence infinie, ils abordent le policier : « Noio... Noio... voulevon savoir... la diretz... Ja ? » Les Napolitains Totò et Peppino inventent de toutes pièces un charabia franco-allemand, n'imaginant pas un seul instant que l'on puisse parler italien à Milan : pour eux, Milan n'est pas l'Italie ; à la limite c'est la Suisse, sinon la Russie. Le film s'inscrit dans la culture populaire italienne

1. *Totò, Peppino e la... malafemmina* (*Totò, Peppino et la danseuse*), film du réalisateur Camillo Mastrocinque de 1956.

comme la représentation ultime de l'inadapté et du provincialisme. Si vous arrivez dans une soirée avec la mauvaise tenue (ou plutôt le mauvais *outfit*, comme on dit à Milan), on dira que vous avez un air de Totò et Peppino.

Dolce vita à Rome, vie aigre à Milan

Cette même année 1956, dans la vie réelle cette fois, un autre Italien arrive à la gare centrale de Milan, en provenance de Grosseto. Il se nomme Luciano Bianciardi, et c'est un Toscan comme je crois en avoir pas mal connu : cultivé, brusque, intolérant aux mièvreries, présomptueux, convaincu que sa terre, la Maremme, est « l'endroit le plus beau et le plus propre du monde », comme il l'écrira quelques mois plus tard à un ami resté là-bas. Alors, si la Maremme est insurpassable, pourquoi ce jeune anarchiste, professeur et traducteur d'anglais et aussi journaliste débutant l'abandonne-t-il pour s'installer à Milan ? Parce que la reconstruction de l'après-guerre s'accélère et que le « miracle économique » italien démarre. La grande ville du Nord attire beaucoup d'ouvriers pour ses industries et ses chantiers qui transforment sa physionomie, à commencer par le gratte-ciel Pirelli à côté de la gare ; mais elle séduit aussi de jeunes intellectuels qui se destinent à travailler dans la pub, le design, le journalisme ou l'édition.

Un jeune milliardaire d'extrême gauche aux origines aristocratiques, Giangiacomo Feltrinelli, était en train de fonder une maison d'édition « pour apporter la culture au peuple » quand le Parti communiste lui conseille le journaliste trentenaire de Grosseto, qui vient de publier une enquête sur les mineurs toscans et la catastrophe de la mine de Ribolla qui a fait quarante-trois morts.

À Milan, dans ces années-là, tout semble possible, même le fait que le communiste Giangiacomo Feltrinelli se mette en tête de publier le manuscrit d'un auteur russe encore inconnu, Boris Pasternak, soupçonné par les Soviétiques de penchants réactionnaires. *Tutto sembrava possibile*, et ce fut le cas : la maison d'édition Feltrinelli à peine fondée fit paraître en novembre 1957, en exclusivité mondiale, *Il Dottor Živago*, *Le Docteur Jivago*, malgré les manœuvres du KGB et l'opposition du Parti communiste italien. L'année suivante, grâce à l'obstination de Feltrinelli, Pasternak remportera le prix Nobel de littérature.

Néanmoins, Luciano Bianciardi n'est pas fasciné par le milliardaire rouge et par cette ville qui lui semble uniquement bâtie sur le désir d'argent. Il quitte Feltrinelli et, juste après le succès mondial de *La Dolce Vita* de Federico Fellini qui célèbre Rome, le journaliste publie son antithèse, *La Vita agra*[1], un roman désespéré et féroce sur le Milan du miracle économique. Si Rome connaît la vie douce, à Milan c'est la vie aigre. Il y est question d'un anarchiste projetant une attaque contre le siège de l'entreprise responsable selon lui du massacre dans la mine. Le livre décrit, des années avant les articles de Pasolini dans le *Corriere della Sera* (et des décennies avant les films *Trainspotting* ou *Fight Club*), le refus de s'adapter à la nouvelle modernité du consumérisme, dans un Milan froid, brumeux et pollué, où les nouveaux emplois précaires – dans l'édition ou la publicité – sont difficiles, autant que ceux des ouvriers dans les usines, mais plus absurdes. « Ils créeront des besoins jamais vus auparavant. Celui qui n'a pas de voiture en aura une, et puis nous en donnerons deux par famille, et puis une par tête ; nous donnerons aussi un téléviseur à chacun, deux téléviseurs, deux réfrigérateurs, deux machines à laver, trois radios, le rasoir électrique, le pèse-personne, le sèche-cheveux, le bidet et l'eau chaude. À tous. Pourvu que tout le monde travaille, pourvu que tout le monde soit prêt à piétiner, à brasser de l'air, à se marcher sur les pieds et à se harceler l'un l'autre du matin au soir. Je m'y oppose. »

1. *La Vie aigre*, trad. Béatrice Arnal, Actes Sud, 2007.

Le livre de Bianciardi eut un grand succès, ce qui le désespéra. Au lieu de s'offusquer de son *J'accuse*, Milan applaudit et neutralise l'acte d'accusation en récompensant son talent. « Ce que j'ai pu, je l'ai fait, et cela n'aura servi à rien. Au lieu de me chasser de Milan en me bottant les fesses, comme je le méritais, ils m'invitent chez eux. » Devenu milanais, contre son gré, Bianciardi choisit de s'autodétruire avec l'alcool et mourut d'une cirrhose à peine dix ans plus tard, à l'âge de quarante-huit ans, sans être jamais retourné dans sa bien-aimée Grosseto. Aujourd'hui, le mythe du *beautiful loser* lui survit dans *Un romantico a Milano*, chanson de 2006 qui lui est dédiée, écrite par Francesco Bianconi, toscan et milanais lui aussi, du groupe de rock indé Baustelle.

Milan ne s'est pas laissé atteindre par les critiques de Bianciardi et a continué d'avancer, surmontant de terribles difficultés, du massacre néofasciste de la piazza Fontana qui a inauguré le terrorisme et les années de plomb jusqu'à l'opération judiciaire Mani pulite (Mains propres) qui, au début des années quatre-vingt-dix, anéantit toute une classe dirigeante et met fin à la Première République. Le rôle de Milan en Italie reste celui que la ville assume depuis l'après-guerre : une capitale « morale », sans jamais avoir été celle de l'Italie unie mais qui aurait mérité de l'être par son dynamisme, sa richesse, son ouverture sur le monde et sa proximité avec le reste de l'Europe.

Pacco da giù, *le colis pour les prisonniers du Nord*

Après mon départ de Pise par le direct Livourne-Milan, le train des Toscans, et les premiers jours dans la famille de ma tante Gianna, originaire de La Spezia, et chez les amis Francesco et Giordano, j'ai vécu pendant quelques mois au-dessus du dépôt de bus de la via Esterle en colocation avec Rocco et Giuseppe, étudiants calabrais venus fréquenter l'université Bocconi, l'une des meilleures d'Europe pour les sciences économiques. Et c'est là que j'ai pu profiter des délices du *pacco da giù*.

Le *pacco da giù*, littéralement le « colis d'en bas », révèle la persistance d'une dimension familiale, paysanne et affectueuse dans la ville qui se veut pourtant moderne et européenne et où l'on a pris l'habitude de commander son dîner en ligne. Le colis d'en bas vient du Sud, livré par transporteur mais plus souvent par un ami, ou mieux encore par l'ami d'un ami. Il est généralement préparé par une *mamma* inquiète du sort de son fils exilé dans le Nord et qu'elle imagine triste et sous-alimenté. Dans le colis destiné à mes colocataires calabrais, il y avait des tonnes de salami épicé, de pecorino, d'*nduja* (une saucisse fumée à tartiner), d'olives au four, d'*olio buono* (c'est-à-dire pas l'huile que l'on trouve en supermarché), d'aubergines et de poivrons à l'huile. De quoi tenir un mois – jusqu'au colis suivant.

L'école de journalisme que j'avais intégrée était dirigée par le grand Sandro Caporali, qui essayait d'obtenir le meilleur des quarante jeunes qui avaient réussi l'examen d'entrée et venaient de toutes les régions d'Italie, de la Sicile au Trentin. Dans la ville des Lumières italiennes, parangon de modernité et d'efficacité, Caporali adorait interroger les conjonctions astrales et utiliser son pendule avant de prendre toute décision. Grâce à l'école, à Caporali et à son pendule, je suis entré au *Corriere della Sera*, institution et âme de Milan, premier quotidien d'Italie, fondé en 1876 par le Napolitain Eugenio Torelli Viollier et comptant dans ses rangs éditoriaux d'autres Milanais par choix, comme l'auteur du *Désert des Tartares*, Dino Buzzati, né en Vénétie.

Hospitalière, Milan est ouverte à la nouveauté mais maintient ses valeurs fondamentales comme l'assiduité, la rapidité, la générosité. Les nouveaux arrivants sont invités à se les approprier. Les grandes migrations internes ont fait la force de Milan qui, après avoir absorbé de nombreux Calabrais, Napolitains, Toscans, Ligures, Vénitiens et Apuliens, essaie désormais de faire de même avec les Philippins, les Égyptiens, les Chinois, les Sud-Américains, les Roumains et les Albanais.

Le rôle que joue Milan n'est pas sans rappeler celui de Paris en France. Il me semble que l'expression « monter à Paris » sonne comme une indication qui dépasse la géographie : on monte à Paris comme on monte en gamme, même les personnes venant de Lille disent « monter » à Paris, car malgré les vagues successives de décentralisation Paris reste le cœur politique, économique et médiatique de la France.

Les Milanais ne sont pas à l'abri des moqueries. Soit par l'autodérision avec le *Milanese imbruttito*, parodie du résident du centre-ville qui méprise les *giargiana* arrivés de banlieue. Soit avec la caricature de l'émigrant du Sud (incarnée à la perfection par l'humoriste Diego Abatantuono) qui se proclame « cent pour cent milanais » mais conserve un effrayant accent des Pouilles.

« À deux heures de Paris »

L'expression marque la frontière entre deux mondes. À deux heures de Paris, c'est la province à portée de main, le seuil psychologique à ne pas (trop) dépasser : en deçà, on se sent encore dans le Grand Paris, le dépaysement n'est pas évident ; au-delà, on ne parle plus d'un week-end, mais d'un long week-end, voire d'une semaine. En plus ou moins deux heures, en revanche, on se rend à Trouville ou dans le Perche, au Touquet, ou en baie de Somme, à Orléans sur la Loire… Des destinations propices aux fins de semaine, aux petites vacances, au confinement pendant la pandémie, au télétravail qui tente désormais de nombreux Parisiens. Les maisons et la vie en général coûtent moins cher, il y a moins de stress *à deux heures de Paris*. C'est le règne de la vie paisible et moins compétitive. En plus, si le besoin se fait sentir, on peut toujours rejoindre rapidement la capitale pour un rendez-vous si important qu'il serait impossible via Zoom

À 2 heures de Paris, c'est aussi le titre d'une comédie de Virginie Verrier de 2018, l'histoire d'une hôtesse de l'air qui se met en tête de retrouver le père (inconnu) de sa fille dans sa région natale, la baie de Somme. C'est l'occasion de décrire un autre monde, un autre mode de vie, peut-être un peu à l'ancienne. À tel point que là-bas, « quand on couche avec quelqu'un, on peut aussi avoir des sentiments », proclame l'un des personnages. Un besoin de lien, de retour aux sources, qui se fait sentir chez les Parisiens et qui se révèle moins prononcé à Milan, ville réputée pour être en Italie la capitale des célibataires et des couples qui préfèrent ne pas se marier.

À deux heures de Milan

Il y a tout autant de lieux magnifiques *à deux heures de Milan*. Et les Milanais ressemblent aux Parisiens dans cette habitude de quitter leur ville bien-aimée dès qu'ils en ont l'occasion. Leur destination principale : Santa, pour Santa Margherita Ligure (notez la passion des Milanais pour les abréviations, à l'instar des Parisiens). Cette station balnéaire est à deux heures de Milan par la route, qui peuvent vite devenir six en voiture, ou en train. Un peu plus loin se trouve Portofino, l'archétype du petit village ligure encastré dans la roche ; Maupassant le décrit ainsi dans *La Vie errante* : « On découvre soudain une gorge où entre la mer, une gorge cachée, presque introuvable, pleine d'arbres, de sapins, d'oliviers, de châtaigniers. Un tout petit village, Porto-Fino, se développe en demi-lune autour de ce calme bassin. » Depuis la fin du XIXe siècle, Portofino a perdu son âme de village caché pour devenir un lieu prisé par les célébrités du monde entier, de Bruce Springsteen à Beyoncé en passant par l'influenceuse milanaise Chiara Ferragni et le rappeur Fedez, son mari.

Sinon, dans le même laps de temps, les Milanais vont à la montagne, à Courma, autrement dit Courmayeur, au pied du massif du Mont-Blanc, ou à Madesimo à la frontière suisse. Et aussi, toujours à deux heures de Milan, les lacs Majeur, de Côme ou de Garde vous tendent les bras, ou plutôt leurs eaux calmes.

La liaison ferroviaire à grande vitesse qui mettra la mer de Gênes à cinquante minutes de la gare centrale de Milan pourrait révolutionner cette transhumance : certains Milanais cherchent déjà à s'acheter une maison en bord de mer avec l'idée de faire la navette, anticipant la hausse des prix de l'immobilier déjà observée en France par exemple à Bordeaux, après l'inauguration en 2017 de la ligne à grande vitesse, ou à Nantes et Rennes. Milan aussi commence à perdre quelques résidents, même si la tendance est moins importante que pour Paris.

Il existe en tout cas une grande différence entre les mondes qui attendent un Parisien ou un Milanais une fois qu'ils ont quitté la ville, ne serait-ce que pour une fin de semaine. La superficie de la France (544 000 km²) est presque deux fois celle de l'Italie (301 000) pour une population plus ou moins similaire (67 millions de Français et 59 millions d'Italiens). Ces chiffres deviennent encore plus concrets lorsqu'on voyage.

En quittant Milan, c'est un défilement continu de villes ou de villages, le long d'autoroutes à deux voies plus étroites que les françaises. Une fois en Ligurie, les stations balnéaires sont de très jolis villages pittoresques justement parce qu'ils sont petits, accrochés à la colline, et le littoral est constituée de nombreuses criques étroites et rocheuses. En regardant l'horizon, on a presque l'impression de voir la pointe de la Corse, dans cette mer fermée qu'est la Méditerranée. Ici, les mots-clés sont petit, étroit, intime – comme les ruelles de Portofino.

Sortir de Paris en direction de la Normandie est une expérience complètement différente. Quand je quitte l'Île-de-France, je traverse des espaces ouverts et vastes, une rareté dans mon pays natal. La mer aussi est différente : des plages de sable infinies, des marées et du vent qui fait virevolter des cerfs-volants de compétition… Le char à voile, sorte de véhicule lunaire, me laisse encore aujourd'hui stupéfait : parcourir l'étendue sablonneuse assis dans cet incroyable engin poussé par Aquilon est une preuve que la plage à Trouville est véritablement sans limites. En regardant l'horizon, droit devant soi, de l'autre côté de la Manche, on trouve la Grande-Bretagne, bien sûr. Mais à Granville, le regard peut s'enfuir au-delà de Jersey, traverser l'Atlantique jusqu'à… l'Amérique. Et c'est dans le nord de la France que j'ai éprouvé pour la première fois le « sentiment océanique », cet élan mystique de communion avec le Tout défini par l'écrivain français Romain Rolland.

J'aimerai toujours les merveilleuses Cinque Terre de mon enfance, mais rien ne me fait me sentir plus excité et dépaysé – sauf à arriver sur Mars, mais sans fusée spatiale – qu'une escapade vers la froide, pluvieuse et extraordinaire Normandie.

VII

Roma Nord, Roma Sud

Milan et Rome n'appartiennent pas à la même planète, si l'on considère l'attitude de leurs habitants à l'égard de ceux qui arrivent d'ailleurs. Comme à Milan, la curiosité des Romains peut être très intense – au début. À la fin, le désenchantement l'emporte, et avec lui la conviction que rien au monde n'est meilleur que les Romains.

C'est le grand acteur Alberto Sordi, moins connu que Mastroianni en France mais un monument en Italie, qui me l'a expliqué lors d'une interview, il y a fort longtemps : « Les Romains s'ennuient rapidement parce que tout, ici, est déjà arrivé plusieurs fois. » Lorsque le roi Farouk s'est pointé en provenance d'Égypte dans les années cinquante, les paparazzis sur la via Veneto étaient prêts à tout pour le photographier, les gens ne parlaient de rien d'autre, « L'Égyptien est arrivé », « Le roi Farouk est là ! » Après quelques jours, plus personne ne se retournait sur son passage, le roi était déjà has-been.

Dans *La Grande Bellezza* du réalisateur napolitain Paolo Sorrentino, ce trait de caractère romain, un mélange de lassitude, d'envie, de paresse, de cynisme et de cœur est incarné par le personnage principal, Jep Gambardella (joué par Toni Servillo), avec sa réplique désormais célèbre : « Je ne voulais pas être simplement un mondain. Je voulais être le roi des mondains. Je ne voulais pas seulement participer aux fêtes, je voulais avoir le pouvoir de les saccager. » Les Romains ont tout vu, tout connu, tout au moins ils en sont convaincus. À tous les échelons de la société, les Romains se sentent héritiers de la Rome antique, des empereurs, de Jules César, de saint Pierre, des papes. La chapelle Sixtine peinte par Michel-Ange se trouve à Rome, ses habitants ne montrent donc aucune fausse modestie – jamais –, à l'égard de quiconque, fût-il roi d'Égypte.

Rome digère tout, s'enthousiasme vite mais passe vite à autre chose. Ce n'est pas une question d'arrogance ou d'exigence, plutôt d'indolence, me semble-t-il. Un désir de désacraliser, de se moquer gentiment des crédules qui s'enflamment pour quelque chose, particulièrement si ce quelque chose existe en dehors de Rome.

L'étiquette de Ville éternelle n'est pas près de se décoller, mais elle peut freiner Rome dans son ambition d'être une capitale moderne et ouverte au monde. Peut-être que cette attitude – et pas seulement l'inefficacité des administrations successives – joue un rôle dans le chaos qui règne à Rome. La capitale italienne se débat depuis des années avec les nids-de-poule et les montagnes d'ordures non ramassées qui attirent goélands géants et sangliers, les nouveaux loups du Capitole. Pourtant, Rome résiste.

Macchinetta contre Vespa

La seule rivale de Rome en Italie est Milan, mais ce sont surtout les Milanais qui entretiennent la compétition. Les Romains sont sereinement convaincus qu'ils vivent dans une ville unique au monde et qu'ils ne jouent pas dans la même cour. À tel point qu'ils choisissent leurs adversaires non pas à l'extérieur de leur ville mais à l'intérieur : une lutte intestine qui se déroule entre Roma Nord et Roma Sud.

Ces dernières années, les identités des nombreux quartiers romains se sont regroupées selon un clivage fondamental : le Nord (qui comprend Parioli, Prati, Ponte Milvio, Fleming, Vigna Clara, Cassia, Cortina d'Ampezzo) et le Sud (Eur, Garbatella, Ostiense, Monteverde,

Marconi, Montagnola, Portuense, San Lorenzo). L'identité romaine commune existe, mais se décline de manière différente selon que l'on vit à Roma Nord ou à Roma Sud. Une différence qui rappelle celle entre l'ouest et l'est de Paris, plutôt que la classique division rive droite et rive gauche.

Le Nord est la partie la plus bourgeoise et la plus aisée de la ville, celle qui, selon ses habitants, correspond le plus à la Rome véritable avant son gigantesque développement urbain ; le Sud est plus populaire. Pour les habitants de Roma Nord, Roma Sud « n'est même plus Rome mais Latina », c'est-à-dire la province méprisée. Pour les Romains du Sud, en revanche, la partie nord n'est pas peuplée par des Romains mais des Milanais, au vu de leurs habitudes vestimentaires et culinaires insupportablement différentes : polo Ralph Lauren plutôt que tee-shirt, pull noué sur les épaules plutôt que pull à capuche Adidas, mocassins contre sneakers, sushis contre pizza, cocktail Moscow Mule *versus* bière Peroni, etc.

Dans une ville où le métro est peu développé, les bus rares et toujours en retard, où les transports en commun d'Atac (la RATP locale) sont globalement très mauvais, la jeunesse dorée de Roma Nord roule en *macchinetta* (les voiturettes sans permis, souvent de marque Ligier ou Chatenet *made in France*) tandis que leurs pairs de Roma Sud se déplacent en bus ou Vespa hors d'âge. À Roma Nord, les gens vont à la plage de Fregene ; à Roma Sud, ils préfèrent Ostia. Rien n'échappe à cette division, pas même le football : les tifosi et les footballeurs de la Lazio vivent grosso modo dans la partie nord, tandis que le fief de l'AS Roma est Roma Sud.

La guerre entre les deux âmes de la ville se prête à des blagues sans fin sur les réseaux sociaux, à l'image de la série télévisée *Romolo + Giuly*, parodie romaine de *Roméo et Juliette* dans laquelle les familles Montacci et Copulati, ennemies depuis toujours, s'opposent à l'entente nord-sud des protagonistes. Dans l'une des innombrables variations de YouTube, un garçon de Roma Sud est contraint d'aller travailler à Roma Nord. Évidemment, au bout d'une semaine il est désespéré, au point que ses amis décident de venir à son secours. Ils partent en mission jusqu'à Roma Nord, habillés comme pour aller en Sibérie, un clin d'œil à la scène mythique de Totò et Peppino débarquant à Milan avec leurs toques en fourrure.

Giorgia Meloni tout droit sortie de Roma Sud

La fierté de Roma Sud s'est également manifestée lorsque Giorgia Meloni a remporté les élections en septembre dernier. Son parti,

Fratelli d'Italia, est né des cendres du Mouvement social italien qui, après-guerre, se déclarait héritier du fascisme. Sa victoire a suscité beaucoup d'inquiétude en Italie, et dans le monde. Mais Meloni n'a pas été élue que par des sympathisants d'extrême droite. Son premier discours au Parlement a été également apprécié par plusieurs opposants, grâce à sa modération – inattendue – et aussi parce qu'elle a touché une corde aujourd'hui très sensible : celle des origines modestes qui généralement empêchent de s'élever parce que l'ascenseur social, selon l'expression française, est en panne depuis des décennies.

Meloni, fille de Roma Sud, l'a rappelé en conclusion de son discours à la Chambre des députés : « Je suis la première femme nommée présidente du Conseil dans l'histoire de l'Italie, je viens d'une mouvance culturelle qui souvent a été confinée aux marges de la République, et je ne suis certainement pas arrivée jusqu'ici grâce à un réseau familial ou amical influent. Je représente ce que les Anglais appelleraient l'*underdog*, l'outsider qui doit déjouer tous les pronostics pour s'imposer. J'ai l'intention de continuer, de déjouer encore les pronostics. »

Giorgia Meloni a grandi dans le quartier populaire Garbatella, au sud de Rome. Quand elle avait un an, son père Francesco a quitté le domicile conjugal et sa mère Anna a fait une dépression. Une fois rétablie, elle s'est mise à écrire des romans sentimentaux sans prétention littéraire, sous le pseudonyme de Josie Bell, pour subvenir aux besoins du foyer et élever Giorgia et sa sœur aînée Arianna. Des circonstances qui ont fini par susciter une certaine sympathie à l'égard de cette famille capable de surmonter les aléas de la vie avec pas mal d'imagination et beaucoup de courage.

Garbatella a été l'une des premières cités-jardins d'Europe, créée dans les années vingt pour loger les ouvriers censés construire un canal navigable (jamais réalisé) entre Rome et Ostie. Puis Mussolini y a fait bâtir de nouveaux immeubles pour y enfermer les ennemis du fascisme. Ainsi Garbatella a-t-il joué un rôle important dans la résistance antifasciste. Après la guerre, il est resté un quartier « rouge ». Dans une célèbre scène du film *Caro diario* (*Journal intime*) de 1993, Nanni Moretti se promène en Vespa dans son quartier préféré, Garbatella, qui n'a pas été touché par la gentrification contrairement à d'autres quartiers de Roma Sud.

Ici, on parle avec un accent très éloigné de celui des hommes politiques italiens d'antan (dépeints dans le chef-d'œuvre d'Ettore Scola *La Terrazza)*, habitués à fréquenter en été la Toscane chic d'Argentario et de Capalbio plutôt que les plages d'Ostie. La proximité de Meloni avec le peuple n'est évidemment pas la garantie d'une bonne politique, mais au moins cette proximité est-elle authentique et cela vaut à Meloni (plus qu'à ses camarades de parti) un respect qui va au-delà de son socle électoral. Et l'accent de Roma Sud, affirme-t-elle, est plus un atout qu'un handicap. « On m'a toujours demandé pourquoi je n'avais jamais pris de cours de diction, a-t-elle déclaré un jour. La réponse est que je suis fière d'être romaine, et fière de mon accent. »

Francesco et Ilary, les Kardashian de Roma Sud

Avant Meloni, Roma Sud a connu une autre personnalité notoire, à la popularité encore plus fédératrice. À la fin de l'été 2022, alors que le monde entier se passionnait pour la longue cérémonie d'adieu à la reine Élisabeth II au Royaume-Uni, toute l'Italie suivait avec consternation le divorce de Francesco Totti et de l'animatrice de télévision Ilary Blasi. Totti est le « huitième roi » de Rome, le capitaine de l'AS Roma qui a fait ses débuts à l'âge de seize ans avec le maillot *giallorosso* et a joué dans la même équipe jusqu'à l'âge de quarante ans, sans jamais la trahir. Au sommet de sa carrière, il aurait pu partir au Real Madrid, le club espagnol au palmarès le plus fourni du monde. Mais il a préféré rester dans sa Rome natale, la ville qui l'aime, comme Naples aimait Maradona.

L'histoire d'amour entre Totti et Ilary – également enfant de Roma Sud – s'est rapidement transformée en feuilleton populaire : Francesco a conquis le cœur de sa belle lors d'un match contre la Lazio en mars 2002, quand pour fêter son but il a soulevé son maillot jaune et rouge, dévoilant à la jeune femme en tribune, ainsi qu'aux quatre-vingt mille spectateurs du stade, un tee-shirt avec l'inscription « Tu es unique ».

Lorsqu'ils se sont mariés à Rome, la circulation a été interrompue et la cérémonie retransmise en direct ; la basilique d'Aracœli ressemblait à un plateau de télévision avec des dizaines de caméras, et des milliers de personnes qui attendaient à l'extérieur pour célébrer leurs nouveaux souverains. Quand Totti a raccroché les crampons à la fin du match contre le Genoa le 28 mai 2017, toute la ville a pleuré avec lui, Ilary et le Stadio Olimpico.

Champion du monde avec l'Italie en 2006, Totti est une figure de Rome, et plus particulièrement de Roma Sud : drôle, peu cultivé, mais avec ce sens de la dérision typiquement romain qui prend pour cible tout le monde – à commencer par lui-même – et qui l'a poussé à compiler les nombreuses blagues qui le concernent dans un livre vendu au profit de l'Unicef. Par exemple : « Nouvelle tragique : la bibliothèque de Totti a brûlé. Totti est désespéré : “Je n'avais pas encore fini de colorier le dernier livre, le deuxième !", a-t-il confié. »

L'histoire d'amour de vingt ans entre Totti et Ilary a fait rêver les Romains et tous les Italiens, ils représentaient les Kardashian de Roma Sud, sympathiques, et moins prétentieux, avec leurs trois enfants nommés Cristian, Chanel et Isabel, leur villa de mille cinq cents mètres carrés dans le quartier de l'Eur avec double piscine et court de tennis, des émissions de télévision et une adoration populaire à chaque sortie de Francesco.

Des tromperies mutuelles ont conduit à une séparation et à des audiences au tribunal, Francesco exigeant de remettre la main sur la collection de Rolex disparue du coffre-fort et Ilary de récupérer ses chaussures et ses sacs à main Gucci, Chanel et Hermès. Le divorce du siècle a bouleversé les Italiens, mais personne n'a osé prononcer un seul mot négatif sur le roi de Rome. Pas même lorsque, pour être proche de sa nouvelle dulcinée, il a quitté sa Roma Sud pour s'installer à Vigna Clara, en pleine Roma Nord. Totti reste un symbole de Rome comme le grand Alberto Sordi l'a été avant lui, avec la même attitude bon enfant.

La ville des vivants et des morts

Après Totti, et avant de parler d'Alberto Sordi, champion de la Rome débonnaire, il est utile de rappeler qu'il existe une Rome effrayante, où le crime et l'horreur font partie du tissu de la ville au même titre que les ruines romaines et la douceur de son air. Rome est le théâtre de mystères qui ont marqué son histoire récente. Notamment la disparition, en 1983, d'Emanuela Orlandi, une jeune fille de quinze ans originaire de la Cité du Vatican qui n'a jamais été retrouvée ; elle fait toujours l'objet d'une enquête qui suit des dizaines de pistes allant de la pédophilie au terrorisme international. Ou encore la brutalité de la *Banda della Magliana* (le gang de la Magliana) que relate le juge Giancarlo De Cataldo dans *Romanzo criminale*[1] ; son livre a fait par la suite l'objet d'une adaptation au cinéma avec l'actrice française Anna Mouglalis et d'aucuns parmi les meilleurs acteurs italiens contemporains : Pierfrancesco Favino, Stefano Accorsi et Riccardo Scamarcio.

Mais l'affaire romaine qui a peut-être le plus troublé l'opinion publique italienne ces dernières années est celle de Luca Varani, un jeune homme de vingt-trois ans qui, le 4 mars 2016, a été attiré

1. Giancarlo De Cataldo, *Romanzo criminale (Roman criminel)*, trad. Serge Quadruppani et Catherine Siné, Métailié, 2006.

dans un appartement, torturé et assassiné par deux trentenaires de bonne famille, Marco Prato (dit Marc, italo-français) et Manuel Foffo. Les carabiniers ont retrouvé le garçon nu allongé sur le lit, un couteau dans la poitrine et des dizaines de blessures sur le corps, le cou ouvert et les dents cassées au marteau. Aucune des blessures n'a été fatale ; la victime est morte vidée de son sang après de nombreuses heures de sévices.

Une barbarie d'autant plus incompréhensible qu'elle semblait n'avoir aucun motif. Ce qui a le plus frappé les enquêteurs et l'opinion publique, c'est que Marco Prato et Manuel Foffo n'avaient rien contre Luca Varani. Les deux hommes se sont enfermés dans l'appartement de Foffo trois jours durant et, après avoir consommé beaucoup de cocaïne, ont décidé de s'en prendre à quelqu'un. « On organise une fête, voulez-vous vous joindre à nous ? », tel est le message qu'ils ont envoyé à quelques connaissances (pas leurs amis les plus proches). Certains sont venus et se sont enfuis dès qu'ils ont vu l'état de l'appartement et celui de Marco et Manuel. Le jeune mécanicien Luca Varani, inconscient de ce qui se tramait, a vécu l'enfer. Marco Prato a tenté de se suicider le lendemain dans une chambre d'hôtel où résonnaient les notes de son idole Dalida, avant de réussir à mettre fin à ses jours, un an plus tard, en prison. Manuel Foffo purge une peine de trente ans.

L'écrivain Nicola Lagioia a consacré son extraordinaire roman *La Città dei vivi* (*La Ville des vivants*[1]) à cette affaire dans laquelle Rome est autant un protagoniste que les trois hommes. Une ville décadente, envahie par les ordures, pleine de vie – d'où le titre – et d'un mal qui semble n'épargner personne. Voici comment Lagioia décrit l'apparition de gouttes de sang, celles d'un rat mort, sur le bureau de la billetterie du Colisée : « L'employée de la billetterie bondit sur ses pieds, effarée, en proie à la pire sensation pour les habitants de cette ville : celle d'être frappé par un malheur qui épargne tous les autres. Elle leva les yeux. Les gouttes tombaient du plafond. Alors elle fit ce que tout le monde à Rome fait quand le sang dégouline des murs d'une administration. Elle appela son supérieur. »

En étudiant pendant quatre ans tous les documents judiciaires et les témoignages relatifs à ce meurtre, une démarche qui n'est pas sans rappeler celle de Truman Capote pour *De sang-froid* ou d'Emmanuel Carrère pour *L'Adversaire*, Lagioia donne à voir les abîmes de l'âme humaine et décrit une ville où la beauté et la débauche se croisent plus que nulle part ailleurs.

1. Nicola Lagioia, *La Ville des vivants*, trad. Laura Brignon, Flammarion, 2022.

Loin de la beauté et de l'élégance de Marcello Mastroianni, c'est-à-dire de l'Italien que les Français aiment aimer (et on peut vous comprendre, bien sûr), Alberto Sordi, dans ses rôles, est moins noble, plus proche du Romain et aussi de l'Italien commun : drôle, sans trop de scrupule, un sens de la repartie très développé, *tiene famiglia* (« il a une famille à nourrir »), il est donc prêt à toutes les compromissions pour obtenir des avantages pour lui-même et ses proches, au détriment de tous les autres. Incapable de penser au bien commun et d'agir en accord avec un idéal – un luxe qu'il ne peut se permettre –, il se donne à fond dans sa lutte pour survivre, dans un pays qui a dominé le monde au temps de Jules César, peut-être, mais qui a perdu la Seconde Guerre mondiale après avoir connu l'occupation nazie, les bombardements des Alliés et la honte d'avoir inventé le fascisme.

Rome est la Ville éternelle mais aussi la ville du cinéma, à travers les films d'Alberto Sordi vus mille fois à la télévision. Quand, enfant, je fis mon premier séjour dans la capitale avec mes parents, j'eus l'impression de reconnaître un lieu très familier : c'était naturellement l'écrin imposant du Vatican et de sa basilique, celui du Colisée et de l'horrible Vittoriano, bâtiment à la gloire de Victor-Emmanuel II qui m'impressionnait tant à l'époque, mais c'était surtout la ville aux maisons couleur ocre, à la petite brise au coucher du soleil et au dialecte romain qui, contrairement au lombard, au sicilien et à bien d'autres langues locales totalement incompréhensibles pour un non-autochtone, semble un italien plus amical et plus léger, avec une syllabe finale en moins et le ton désenchanté en prime. Cette chanson populaire romaine, fredonnée dans *Accattone* de Pasolini, pourrait en être l'illustration :

Voglia di lavora' saltami addosso
Lavora tu pe' me che io nun posso !
« Envie de travailler, saute sur mon dos
Travaille à ma place, moi, je ne peux pas »

Des paroles volontiers fredonnées par un Romain, mais qui, à Milan, ville productive, efficace et peu encline à l'indolence, ne viendraient jamais à l'esprit de quiconque.

Rome ville ouverte

Après ce premier voyage, je suis retourné à Rome pour passer mon diplôme de journalisme. Les épreuves se déroulaient à l'hôtel Ergife, un lieu moins excitant que le Colisée mais tout aussi romain. Dans ses salles immenses, des milliers de personnes viennent de toute l'Italie passer leurs examens de fin d'études et des concours administratifs : une autre facette de la capitale politique et culturelle, administrative et bureaucratique celle-ci, ce qui fait tout de suite moins rêver.

Mon diplôme en poche, je suis revenu peu de temps après pour rencontrer l'immense Albertone. Pourtant jeune reporter encore inconnu, j'avais sollicité une interview d'Alberto Sordi, il avait immédiatement accepté. Cette générosité envers un débutant traduit aussi un trait typiquement romain, celui de ne pas se prendre trop au sérieux, même si l'on est l'artiste le plus populaire de la nation.

Cet homme, qui m'avait fait rire et pleurer maintes fois quand je le regardais à la télévision en noir et blanc dans la cuisine de ma grand-mère à La Spezia, était aujourd'hui assis dans un fauteuil face à moi et il me parlait d'un de ses personnages inégalés dans la culture populaire italienne : Nando Moriconi. Nando est un concentré des Italiens qui ont cet étrange complexe d'infériorité, qui les porte parfois à copier les étrangers, avant d'être déçus de la copie et de retourner à leurs vieilles habitudes en se disant qu'elles sont finalement les meilleures au monde.

Dans le film *Un Americano a Roma* (*Un Américain à Rome*), Alberto Sordi donne vie à une caricature de jeune Romain d'après-guerre obsédé par le mythe de l'Amérique : Nando Moriconi vit comme dans un western, marche en mimant des fusillades imaginaires, parle un anglais improbable inventé de toutes pièces, et surtout essaie de manger « de la nourriture saine, copieuse, américaine ». Dans l'une des scènes cultes – aussi célèbre en Italie que celle de Mastroianni et Anita Ekberg dans la fontaine de Trevi –, Nando se trouve dans la cuisine de l'appartement familial tandis que son père dort en faisant des cauchemars parce que son fils est un dégénéré.

Nando essaie de manger à l'américaine, du moins selon ce qu'il en a compris : il écarte avec indignation le vin, le remplace par du lait, puis se prépare une tranche de pain avec du yaourt, de la moutarde et de la confiture. Il exulte : « Voilà la vraie bouffe américaine ! » Mais il recrache tout dans la seconde, jette le fameux sandwich à la poubelle et retourne à ses spaghettis en les regardant droit dans l'assiette : « Maccarone [les spaghettis], tu m'as provoqué, et moi, je te détruis maintenant. Je te mange. »

Rome a aussi tendance à se moquer de l'ambition, de la promotion sociale, de l'intérêt excessif pour tout ce qui vient de l'étranger, et elle rit aussi de sa propre capacité à s'habituer à tout. « Flaiano a tout compris », m'a confié Alberto Sordi. C'est grâce à l'acteur que j'ai entendu parler pour la première fois d'*Un Marziano a Roma*[1], une nouvelle satirique de l'écrivain et scénariste Ennio Flaiano, publiée en 1960, dont il fera ensuite une comédie en sept actes, essentielle pour comprendre l'âme romaine.

« 12 octobre. Aujourd'hui, un Martien a atterri avec son vaisseau spatial à la Villa Borghese », telle est le début du récit qui se poursuit par la description de l'émerveillement et de l'émotion des Romains. Mais passé quelques jours de surprise, même la présence d'un extraterrestre est tenue pour acquise. On s'habitue à tout, et Kunt le Martien n'échappe pas à cette loi inexorable. Les Romains ont fait le tour de sa singularité, et on le voit errer seul et mélancolique, ramassant des coquillages sur la plage de Fregene. À peine deux mois se sont écoulés que Kunt, pourtant arrivé de l'espace, en est déjà réduit au rôle de figurant à Cinecittà. « 22 décembre. Le Martien a accepté un petit

1. « Un Martien à Rome », non publié en France.

rôle de Martien dans un film qui sera réalisé par Roberto Rossellini. »

Un Franco-Italien à Rebibbia

Si Alberto Sordi est un monument, Rome a trouvé son nouveau et improbable étendard avec Zerocalcare (Zérocalcaire). Après avoir vendu plus d'un million d'exemplaires de ses bandes dessinées autobiographiques, l'artiste de trente-sept ans est devenu une star sur Netflix grâce à la série animée *Strappare lungo i bordi* (À découper suivant les pointillés) sortie en novembre 2021. Comme dans ses albums, traduits dans le monde entier, il se met en scène avec ses personnages de toujours : ses amis Sarah et Secco, le tatou qui est le symbole de sa conscience, et Rome. Plus précisément Rebibbia, le quartier périphérique de l'est de la capitale où le dessinateur a toujours vécu.

Précisons que sa mère est française et que Michele Rech, de son vrai nom, parle un français parfait, appris au lycée Chateaubriand de Rome. Pour autant, lorsque Michele Rech quitte Rebibbia, il avoue se sentir désorienté, angoissé, trop dépaysé. À l'occasion d'un rare passage à Paris pour la promotion d'un de ses albums, il a confié ne pas se sentir au bon endroit : il avait peur qu'en son absence ses amis à Rome vivent des aventures épiques, des événements destinés à entrer dans la mythologie locale… sans lui.

Une forme particulière d'anxiété contemporaine induite par les réseaux sociaux que les Anglo-Saxons appellent FOMO, *Fear Of Missing Out*, la peur de rater quelque chose. Le Français le plus romain de tous, Michele Rech, craint de louper quelque chose qui puisse se passer non pas dans le vaste monde de la culture globale, mais à Rebibbia, son quartier en banlieue romaine.

Son attitude me rappelle l'étonnement de certains de mes amis romains quand je leur ai annoncé que je quittais Milan pour m'installer à Paris. « Ah d'accord, belle ville en effet », me disaient-ils tout en pensant « Quelle absurdité ! », ou « Le pauvre », ou dans le meilleur des cas « Bon, à la limite c'est toujours mieux que Milan ». Pour un Romain natif et/ou vivant dans la capitale, le fait de désirer une autre ville que la sienne est quelque peu incompréhensible, et le choix de Totti de rester à Rome au lieu de passer au Real Madrid en est une illustration. Mais il y a des exceptions qui confirment la règle.

Mon amie Francesca Pierantozzi vit à Paris avec son mari Tullio et leurs cinq enfants depuis trente ans. Francesca dit s'être très bien adaptée à la vie parisienne : « À Rome, lorsque j'étais jeune, je passais sous il Cupolone [la coupole de Saint-Pierre] pour aller à l'école, et le soir, on se cachait à l'intérieur du Colisée pour fumer loin du regard des parents. À Rome, on fréquente tellement l'éternel qu'on arrive préparé à la grandeur de Paris. Pour ça, il faut remercier un certain cynisme des Romains aussi, qui a permis que Rome soit construite par couches de civilisations qui s'additionnent et s'empilent, comme un mille-feuille, sans la moindre gêne. À Rome, il y a le temple païen, puis par-dessus le temple romain, puis l'église catholique et aussi le portique d'Octavia, un haut lieu du quartier juif où le bar-tabac Totò a fait son trou parmi les statues anciennes. Quand on arrive à Paris, la place de la Concorde bien nette est d'une grande simplicité dans son esthétique. Un Romain à Paris ne se sent pas intimidé, car il a bénéficié d'une formation atavique à la beauté. »

Une ville, ce n'est pas seulement des monuments, ce sont aussi des relations sociales et culturelles, et Paris pourrait faire peur avec ses rituels, son savoir-vivre, ses dîners en ville. « Même cela, ça ne nous effraie pas, car les

Romains font montre d'une assurance teintée de désinvolture. À Rome, les gens sont tous plus brillants et gentils que les autres, et bien sûr on déguste la meilleure nourriture au monde. Nous avons transféré ici la vie de quartier que nous avions là-bas. Tout cela m'a permis d'affronter Paris non pas avec un sentiment de supériorité, plutôt avec une certaine sérénité et légèreté. »

Francesca est présidente de l'association Palatine, qui tire son nom du train de nuit qui reliait les deux capitales il y a encore quelques années. Elle organise le festival d'été parisien Dolcevita-sur-Seine en même temps que Nouvelle Vague sul Tevere à Rome. « Ce n'est pas un hasard si les deux villes ont un jumelage exclusif depuis 1956, avec une formule quelque peu péremptoire : "Seule Paris est digne de Rome, seule Rome est digne de Paris", alors qu'en réalité elles sont dignes de tout le monde, parce qu'elles ont un imaginaire culturel et social et une beauté qui en font peut-être les endroits les plus faciles à comprendre et à aimer. »

On peut aimer Rome et Paris de manière égale. « Je n'ai jamais trouvé les Parisiens je-sais-tout ou antipathiques, arrogants ou désobligeants, comme le cliché le voudrait. » Une Romaine peut donc s'intégrer parfaitement à Paris, même si un détail microscopique, presque inconscient, fait de la résistance. « À Rome, lorsqu'on prend le pont Garibaldi du centre vers Trastevere, l'eau du

Tibre coule de droite à gauche. À Paris, lorsque je prends le pont Sully vers l'île Saint-Louis, il y a quelque chose qui cloche : la Seine coule de gauche à droite, donc pour moi à l'envers. Après trente ans, ça me donne encore le vertige. »

Et un Spezzino rive gauche

Quant à moi, comme j'ai fait l'expérience de quitter La Spezia dès l'enfance, j'ai donc vécu en « étranger » à Gênes, Pise et Milan. Et j'ai trouvé plus de différences entre Pise et Milan, deux villes du même pays, qu'entre Milan et Paris. Même si je n'ai pas fumé en cachette dans le Colisée comme Francesca, je partage son amour pour Paris et j'ai trouvé facile de m'y intégrer, mes premiers contacts avec les Français et les Parisiens, narrés au début de ce livre, m'ayant donné l'envie d'y revenir.

J'ai beau être en France depuis plus de douze ans, désormais persuadé de me fondre dans la foule, il m'arrive encore, après être monté dans un taxi, de simplement dire bonjour pour que le chauffeur me réponde instantanément : « Ah, vous êtes italien. » Démasqué ! Après tout, je suis et resterai toujours un Spezzino à Paris. Je repense alors à Alberto Sordi, l'Américain à Rome, et je ne peux que me moquer de moi-même.

VIII

Méridionalisme

Les différences régionales italiennes résistent à la mondialisation, à la technologie, au progrès des transports qui réduisent les distances. Comme le TGV a rapproché Paris de la Méditerranée, les trains à grande vitesse, Frecciarossa et Italo ensuite, ont fait de même pour Milan et Rome, séparées par seulement trois heures de trajet. Et si on reste dans le même train et qu'on patiente une petite heure supplémentaire, on arrive encore dans un autre univers, celui de Naples, la capitale du Sud capable de produire une mythologie avec laquelle seule Marseille peut rivaliser.

Soleil, mer, port, quartiers populaires, crimes, passions, humanité… C'est le cliché qui unit Naples et la cité phocéenne pour le meilleur ou pour le pire. Villes sœurs qui, parmi leurs points communs, ont la capacité de faire rêver, créer et de bâtir leurs propres mythes. Il y a l'orientalisme décrit, voire dénoncé, par l'universitaire Edward Said, comme étant le regard teinté d'exotisme et d'un sentiment de supériorité de la part des Occidentaux envers l'Orient ; il y a le boréalisme très en vogue ces dernières années, cet engouement pour le Nord scandinave comme terre de grands espaces, de fjords enchanteurs, de design minimaliste et de grand sens civique ; et peut-être y a-t-il aussi une sorte de méridionalisme franco-italien, l'idée qu'il existe en Europe du Sud deux métropoles maritimes chaotiques, fondées par les Grecs puis soumises au fil des siècles à des migrations et des invasions, qui regorgent de problèmes mais aussi de charme, où la vie se vit plus intensément qu'ailleurs, malgré les violences : Naples et Marseille.

En vertu de ce méridionalisme, Marseille fut la destination de plus d'un voyage lorsque je vivais à Milan et lisais, comme tant d'autres à l'époque, les romans de Jean-Claude Izzo, notamment la trilogie Fabio Montale. Avant le phénomène Stieg Larsson et la saga *Millénium* à l'origine de la vague de polars scandinaves et plus largement d'Europe du Nord à la fin des années quatre-vingt-dix, les romans policiers à lire, même en Italie, étaient ceux d'Izzo. Né à Marseille d'une mère espagnole et d'un père originaire de Castel San Giorgio, une ville à cinquante kilomètres de Naples, Izzo a donné cette définition de sa ville dans *Total Khéops*[1] : « Marseille n'est pas une ville pour touristes. Il n'y a rien à voir. Sa beauté ne se photographie pas. Elle se partage. Ici, faut prendre parti. Se passionner. Être pour, être contre. Être violemment. Alors seulement ce qui est à voir se donne à voir. Et là trop tard, on est en plein drame. Un drame antique où le héros c'est la mort. À Marseille, même pour perdre, il faut savoir se battre. »

Comment résister après avoir lu ces lignes ? Marseille ne serait pas une ville pour touristes, selon Izzo ? Raison de plus pour s'y précipiter, dans l'éternelle illusion d'être tout sauf un touriste. Dès le soir de mon arrivée, près du Vieux-Port, je me souviens d'avoir été accueilli par deux gros rats sur le trottoir : plongé dans mon méridionalisme, je l'ai pris comme un signe du destin, preuve qu'en fait Marseille était une ville pour voyageurs en quête d'authenticité. Puis j'ai entrepris le pèlerinage au vallon des Auffes, royaume de Fabio Montale, pour manger ma première bouillabaisse chez Fonfon et trahir déjà l'un des commandements d'Izzo, sceptique quant à une soupe de poisson servie dans un restaurant aux nappes blanches : « Je dirai, pour ne fâcher personne, que c'est mieux de la préparer soi-même. »

1. Gallimard, 1995.

Accompagné en musique par les Massilia Sound System et leur tube « Elles ont des pilotis », ode aux filles en talons hauts, j'ai dormi à l'hôtel Peron sur la Corniche et erré dans le Panier, le quartier où Izzo est né et où un soir je suis tombé sur une milonga en plein air, sous la lumière jaune des réverbères.

Marseille n'a cessé de m'attirer au fil des années. Je cherche à m'immerger dans cette ville si romanesque, une quête alimentée par la musique et la littérature dont je m'abreuve, à l'opposé du Marseille des touristes et des nouveaux riches qui, déjà à l'époque d'Izzo, commençaient à gentrifier et à dénaturer les quartiers populaires.

Mais malgré tous mes efforts, qui suis-je, sinon un touriste ? Parfois je me sens comme ces gens qui vont visiter les favelas à Rio de Janeiro et se confronter à la misère, à la recherche d'un Brésil du réel. L'impératif d'une authenticité express est l'une des conséquences du tourisme de masse et de sa condamnation sociale : quand on a un peu honte de faire des choses « touristiques », car le tourisme qu'on déteste est toujours celui des autres, comme visiter la tour Eiffel ou consulter en public un guide Lonely Planet (qui promettait à l'origine de mener ses lecteurs *hors des sentiers battus*), on se tourne vers l'impossible tâche de saisir en quelques jours l'esprit même d'une ville. En cela, Marseille est le symbole parfait et insaisissable du méridionalisme : une mythologie gigantesque nourrie d'Histoire, de films et de romans avec le fantôme du comte de Monte-Cristo au château d'If, et aucun monument spectaculaire où se réfugier.

Les Italiens de Marseille

Le lien entre Naples et Marseille est profond, à commencer par le cosmopolitisme et les migrations successives qui ont façonné les deux villes à des époques différentes : souverains normands, aragonais et français à Naples ; immigrés d'Afrique noire et du Nord, arméniens et italiens à Marseille. Mes compatriotes, et parmi eux les Napolitains, ont longtemps constitué la plus grande communauté étrangère de la ville phocéenne, ce qui a également donné lieu à la fin du XIXe siècle à des affrontements et des exactions contre les Italiens.

Le grand journaliste Albert Londres décrivait ainsi un Marseille envahi par les immigrés italiens en 1926, dans un reportage intitulé *Marseille, porte du Sud* : « Un jour, pour calmer mon esprit en proie au doute, j'ai dû acheter une géographie et contrôler de mes yeux que Marseille était bien dans un département qui s'appelait les Bouches-du-Rhône. J'ai fermé la géographie. Le lendemain, je l'ouvris de nouveau. Marseille était dans les Bouches-du-Rhône, cependant les Bouches-du-Rhône devaient être en Italie. Eh bien non, ce département était en France. Je repris courage et je sonnai la femme de chambre. Elle arriva. C'était une Italienne. »

Près d'un siècle avant que l'écrivain d'extrême droite Renaud Camus ne répande sa théorie du complot, celle du grand remplacement, l'idée que « nous devenons des étrangers dans notre propre pays » faisait déjà son chemin, et cette fois la faute était imputée aux Italiens de Marseille.

Les Napolitains, comme les Piémontais et les Génois, n'émigrent plus à Marseille, mais l'influence de Naples sur la France perdure, et pas seulement parce qu'elle est la ville italienne préférée du président Emmanuel Macron, qui a travaillé avec sa professeure de théâtre, Brigitte Trogneux, pour mettre en scène une pièce, *L'Art de la comédie*, de l'immense auteur napolitain Eduardo De Filippo.

Scampia, terre des rappeurs

Comme Marseille, Naples est capable de transformer ses aspects négatifs en motifs de charme qui dépassent les frontières nationales. Il est curieux, par exemple, de constater à quel point le rap, que l'on imagine ancré dans le territoire français et dans des banlieues qui ne manquent certainement pas d'histoires à raconter, s'imprègne de la mythologie du crime napolitain. Le roman *Gomorra* de Roberto Saviano, paru en 2006, devenu un film puis une série télévisée, qui décrit de manière précise et approfondie le fonctionnement des clans de la Camorra, a eu un énorme succès en France, particulièrement auprès des artistes de rap.

Le clip du *Monde ou rien* du groupe PNL se déroule dans le Vele di Scampia, un quartier notoirement dégradé, l'un des fiefs de la Camorra, la mafia napolitaine. « J'suis plus Savastano que Ciro », dit la chanson, citant le clan mafieux au centre de la série. Après PNL, d'autres rappeurs marseillais se sont également inspirés de *Gomorra*. Par exemple, SCH qui a adopté l'image du personnage de Salvatore Conte, allant à son tour tourner une vidéo dans le désormais incontournable quartier Scampia. Jul mentionne souvent Gennaro, un autre des protagonistes, tandis que Sofiane et l'Algérino dédient un morceau à Savastano, le chef de clan. Après Miami dans *Scarface* et Baltimore dans la série *The Wire*, le Naples de *Gomorra* s'impose dans l'imaginaire des rappeurs français.

Cette forme de méridionalisme a suscité de vives polémiques en Italie. Roberto Saviano, Napolitain de naissance, n'est pas fasciné par l'univers qu'il raconte, contrairement aux rappeurs français. *Gomorra* n'est pas la glorification de la logique mafieuse, il en est une dénonciation sans appel. Et pour cette prise de position courageuse, Roberto Saviano vit en permanence sous protection policière.

Tranche napolitaine : créativité à tous les étages

La Camorra combattue par Saviano s'est ajoutée à l'image controversée que Naples a toujours eue en Italie. Parfois sujette à des critiques proches du racisme par de nombreux Nordistes, la ville est défendue par les Italiens quand il s'agit de la comparer à Marseille : par rapport à sa cousine française, Naples serait plus belle, aristocratique et importante grâce à son rang de capitale (celle du royaume des Deux-Siciles), grâce une histoire culturelle séculaire extraordinaire (l'université Frédéric-II, fondée en 1224 par le souverain germanique, est la plus ancienne université publique et laïque au monde), grâce également à son centre historique protégé par l'Unesco et à ses spécialités culinaires devenues planétaires, de la pizza jusqu'au baba au rhum. Même s'il faut préciser que ce dernier fut élaboré en Lorraine au XVIIIe siècle au château de Lunéville par le roi de Pologne Stanislas Leszczynski, qui trouvant le kouglof local trop sec l'aurait trempé dans un sirop de sucre additionné de rhum. Mais pour les Italiens, c'est une spécialité typiquement napolitaine. Après tout la tranche de glace dite napolitaine a été, elle, inventée par les Américains...

Naples est une sorte d'Italie à la puissance 10, où les règles de vie commune sont observées selon une interprétation pour le moins élastique (« À Naples, le feu rouge n'est pas une interdiction, c'est un conseil », disait l'écrivain Luciano De Crescenzo) et où une forme de génie unique au monde prospère. Une imagination créatrice qui, au moment de l'instauration du port obligatoire de la ceinture dans les voitures, est à l'origine de tee-shirts blancs avec une bande transversale noire destinés à tromper la police. Et une inventivité qui s'emploie à moquer Milan et le mauvais climat septentrional avec un calendrier « de la Padanie (la région du Nord) » : en février, carnaval de la Padanie ; en avril, fanfare de la Padanie ; en juin, pique-nique en Padanie ; en août, vacances en Padanie ; en octobre, fête de la châtaigne en Padanie ; en décembre, Noël en Padanie... Chaque mois, les activités sont illustrées par une seule et même photographie : une épaisse couche de brouillard gris qui recouvre tout. Si les Français pensent généralement que l'Italie est le pays du soleil, pour beaucoup de mes compatriotes le climat ne commence à être acceptable qu'à partir de Rome… en descendant bien sûr.

Un autre grand phénomène de l'édition a mis en lumière le soleil napolitain : les romans d'Elena Ferrante. Si Roberto Saviano est désormais un visage reconnaissable dans le monde entier, l'autrice de ces best-sellers a fait, elle, le choix inverse : Elena Ferrante est le pseudonyme d'une écrivaine (ou d'un écrivain) qui cherche à tout prix à garder l'anonymat.

Saviano avait eu l'occasion de m'expliquer son choix d'être médiatisé lors d'une interview pour la revue française *La Règle du jeu* : « À aucun moment je n'ai décidé de consacrer mon existence à la lutte contre le crime. Si je pouvais revenir en arrière, je ferais un choix différent. Je pense être un bon écrivain. Peut-être aurais-je pu avoir la vie d'Alessandro Piperno ou de Paolo Giordano ; c'était mon ambition ; écrire d'excellents romans, connaître de grands succès, vivre une existence enracinée dans le quotidien. Mon rêve aujourd'hui, ce serait de pouvoir me promener, voir mes amis, trouver une fiancée. Mais pourquoi choisir d'être sans cesse sous les projecteurs ? C'est une façon de combattre. Être visible dans les médias augmente mon espérance de vie. Tant que je suis entendu, c'est plus difficile de me supprimer. C'est quand on m'aura oublié et que je me retrouverai sans défense que j'aurai vraiment à me faire du souci. »

Elena Ferrante, en revanche, reste délibérément dans l'ombre. La tétralogie de *L'Amie prodigieuse*, qui raconte l'histoire de Lenù et Lila dans le Naples populaire des années cinquante, a été traduite dans plus de quarante langues et s'est vendue, comme le livre de Saviano, à des millions d'exemplaires. Mais la couverture médiatique est la bête noire d'Elena Ferrante. Elle l'explique ainsi au *Financial Times* : « Je crois que c'est une erreur, aujourd'hui, de ne pas protéger l'écriture en lui garantissant un espace autonome, loin de la logique médiatique. C'est une erreur de faire mieux connaître sa personne que son travail. » Cela lui a valu d'être critiquée – pourquoi revendiquer l'anonymat pour laisser parler les livres, tout en donnant des interviews ou en participant virtuellement au prix Strega, le plus important prix littéraire italien ? – et de faire l'objet d'enquêtes visant à révéler son identité. Selon le journaliste Claudio Gatti, Elena Ferrante serait Anita Raja, traductrice et épouse de l'écrivain Domenico Starnone (qui selon certains serait impliqué dans l'écriture). Cette thèse n'a été ni démentie ni confirmée.

À défaut d'un culte impossible de la personnalité, il existe un culte des lieux décrits dans la saga d'Elena Ferrante. Le Rione Luzzatti, quartier populaire à l'est du centre-ville, n'est jamais explicitement nommé dans ses livres, mais, dans le premier volet, Lila et Lenù se rendent à la mer en traversant un tunnel, sorte de frontière entre leur monde et le reste de la ville. Un tunnel clairement évocateur de celui qui relie le Rione Luzzatti au centre de Naples.

La série télévisée a confirmé cet indice, et les agences de voyages se sont mises à organiser des circuits dans l'univers des deux héroïnes, plébiscités notamment par les touristes britanniques, américains et français. La saga a en effet rencontré plus de succès à l'étranger qu'en Italie et, avant la série télévisée, beaucoup de Napolitains ne soupçonnaient même pas l'existence des romans qui avaient pourtant leur ville pour décor. Je dirais même que Naples est, à l'instar de Marseille dans les romans de Jean-Claude Izzo, un personnage à elle seule, au même titre que Lenù et Lila, les amies prodigieuses.

Le Rione Luzzatti se pare désormais de fresques murales inspirées par les personnages de la série télévisée. Ce quartier construit au temps du fascisme, ni beau ni laid, est certainement infiniment moins intéressant que les *palazzi* de l'époque baroque du centre-ville, et personne n'aurait pensé à s'y balader si les romans d'Elena Ferrante n'avaient pas existé. Mais un certain méridionalisme prévoit que, comme à Marseille, à Naples aussi on recherche le vrai plus que la beauté. Ainsi les visiteurs – qu'il ne faudrait pas nommer « touristes » – affluent-ils dans le Rione Luzzatti en quête d'authenticité, même si le quartier qu'ils ont vu à l'écran a été, pour les besoins du tournage, reconstitué à Caserte, à trente kilomètres de Naples.

On dirait le Sud

Au panthéon du méridionalisme règne une autre mythologie liant la Côte d'Azur aux Cinque Terre, les petits villages sur la côte entre La Spezia et Gênes que j'évoquais dans un chapitre précédent, à savoir Monterosso, Manarola, Corniglia, Vernazza et Riomaggiore. Depuis Paris, la Côte d'Azur fait incontestablement partie du Sud, et d'un point de vue strictement géographique, c'est également le cas des Cinque Terre. Bien sûr.

Sauf que, à la télévision française, on accompagne régulièrement les images des Cinque Terre d'une musique du sud de l'Italie. Une assiette de *trofie al pesto* à Riomaggiore, les petites rues en pente de Vernazza, et voilà qu'arrive la bande-son avec mandolines et mélodies inspirées du Vésuve. Comme si l'Italie tout entière vue de la France était un grand Sud et comme si les maisons italiennes donnant sur la mer appartenaient toutes à une sorte d'immense Naples indistincte.

Quand j'entends « O sole mio » juxtaposé à mon bien-aimé Monterosso, village que j'ai commencé à fréquenter il y a cinquante ans avec ma mère en arrivant de La Spezia à bord de ce train qui s'arrête pratiquement sur la plage, je souris beaucoup et désespère un peu. L'imaginaire lié au Sud a tendance à tout couvrir d'une couche de mélodrame, alors que dans les Cinque Terre personne ne joue de la mandoline car, faut-il le rappeler, les Cinque Terre sont en Ligurie. Et la Ligurie fait partie du nord de l'Italie.

Sans compter que les Ligures – et en tant que Spezzino je suis l'un d'eux – sont des gens du Nord ayant tendance à râler. Rien de la jovialité naturelle et de la bonne humeur induite par le soleil (et la mandoline) que les Français attribuent aux Italiens. En fait, il existe un mot spécifique, *mugugno*, qui désigne un type particulier de bougonnement (geignard et constant) qui nous est associé. Le *mugugno* est une spécialité locale au même titre que les moules farcies ou la focaccia. L'hospitalité ligurienne est également célèbre dans toute l'Italie : essayez de demander en été une table pour deux à Manarola ou Corniglia sans avoir réservé, et vous recevrez un « *E no che non c'è posto* » (Eh ben non, y a pas de place) plutôt énervé. Une fois assimilé que les Cinque Terre se trouvent au nord et n'ont rien à voir avec Naples, examinons les points de contact indiscutables de la côte nord italienne avec la côte sud française.

Costa Azzurra et Cinque Terre

Tellement évidents que pour Stéphen Liégeard, l'homme qui a inventé l'expression « Côte d'Azur », les côtes française et italienne n'en font qu'une. Dans son livre intitulé justement *La Côte d'Azur* et publié en 1887, il relate ses voyages de Marseille à Gênes. L'écrivain français ne s'était pas aventuré jusqu'aux Cinque Terre, à l'époque moins connues et plus difficiles d'accès, sinon on peut imaginer qu'il les aurait intégrées à la Côte d'Azur. Celle-ci désignait à l'origine toute cette Riviera, comme la nomment les Anglo-Saxons, à cheval entre la France et l'Italie. Quelques années plus tard, en tenant compte de la frontière politique, l'extrémité orientale de cette côte s'arrêtait à Menton tandis que l'extrémité occidentale fait toujours l'objet d'un débat franco-français (mais Saint-Tropez semble avoir été finalement admise en son sein).

À mes yeux, les Cinque Terre sont une sorte de Côte d'Azur haut perchée, sa version bonsaï, où tout est plus étroit et petit, où l'idée même d'une promenade des Anglais est inconcevable parce que les espaces sont si exigus que les voitures ne peuvent s'y aventurer, et les rues sont si escarpées que les gens en rollers finiraient directement dans la mer.

Lorsque je me trouve dans le Vieux Nice, je ne peux résister à l'appel des légumes farcis du restaurant Acchiardo, identiques aux *verdure ripiene* que l'on mange à la Taverna del Capitano à Vernazza, très semblables – et évidemment inférieurs – à ceux que mes grands-mères Ilda et Rosetta cuisinaient à La Spezia. Les couleurs des maisons, l'atmosphère sont les mêmes. La seule chose qui diffère, ce sont les dimensions.

Le côté glamour de Cannes ou de Saint-Tropez n'existe pas dans les Cinque Terre, notamment parce que dans la baie de Manarola ou de Corniglia les yachts ne pourraient pas entrer (les célébrités vont donc à Portofino, pas très loin). Cela ne signifie pas pour autant que les Cinque Terre ne sont pas livrées au tourisme de masse ou à celui des *happy few* milliardaires – et à leurs inconvénients.

En été, des millions de touristes se lancent à l'assaut des minuscules villages perchés du bord de mer. Les natifs ont vite compris l'intérêt de louer aux étrangers leurs terrasses grandes comme un mouchoir de poche et d'aller vivre ailleurs le temps de la haute saison, dans des maisons plus grandes et plus confortables. Comme Venise, les Cinque Terre ne sont pas à l'abri d'une « disneylandisation », le lieu imaginaire risquant de se substituer au réel tel que le raconte le (beau) film d'animation *Luca*, produit par Pixar et réalisé par un enfant du pays, Enrico Casarosa.

Il ne me semble pas que ce soit le cas – pour le moment. Malgré la surpopulation du mois d'août et le bruit des valises à roulettes, les Cinque Terre conservent leur caractère. Hors saison surtout, elles restent l'essence même du pittoresque pour les étrangers et l'écrin d'une douce mélancolie pour un Spezzino comme moi.

IX

Tous les goûts sont dans la nature

Sanremo (et Johnny)

Vers minuit, ce 4 février 1983, alors que les enfants et les personnes impressionnables sont déjà au lit, le héros que l'on attend depuis trois heures devant sa télé entre enfin en scène. Peinture sur le visage, combinaison moulante noire, mitaines en cuir, déhanchements simiesques, chorégraphie qui surfe sur la new wave : Peter Gabriel, l'ancien leader du groupe Genesis, interprète sa chanson cryptique d'amour et de jalousie, *Shock the Monkey*, sur une base de musique électronique jouée avec de merveilleuses nouvelles machines telles que la boîte à rythmes Linn LM-1 ou les synthétiseurs Prophet 5 et Fairlight. Vers la fin du morceau, il s'accroche à une liane qui surgit soudain du plafond du théâtre Ariston et survole le public des premiers rangs vestonnés, cravatés, festonnés de fourrure, bijoutés et terrifiés de voir cet extraterrestre au festival de Sanremo, petite ville ligure à la frontière française. Cet invité étrange, étranger et incongru, auteur d'une performance entre théâtre et électro-pop, choque, plus que le singe, les spectateurs dans la salle, mais aussi des millions de téléspectateurs qui venaient de s'émouvoir, lors du concours de chansons italiennes, de l'élégance de Toto Cutugno – costume bleu, chemise blanche à col cassé, cravate couleur pêche et pochette assortie – et de son interprétation, accompagnée à la guitare acoustique, de *L'Italiano*, qui deviendra plus tard célèbre sous le nom de *Lasciatemi cantare*.

Pizza, mandoline et avant-garde

Une chanson de Cutugno *terribile*, tout au moins pour les ados de quinze ans comme moi, qui avaient des velléités de bon goût musical et qui trouvaient insupportable l'homme ténébreux au regard de velours, capable de prononcer sans ironie apparente un refrain comme *Lasciatemi cantare/ Con la chitarra in mano/ Sono un italiano/ Un italiano vero* (« Laissez-moi chanter/ La guitare à la main/ Je suis un Italien/ Un Italien véritable »), entretenant ainsi l'éternel cliché *pizza e mandolino*. Une chanson, cependant, qui finit cinquième du classement en Italie et s'est vendue à cent millions d'exemplaires dans le monde pour devenir une sorte d'hymne officieux de l'Italie, notamment grâce à une vidéo tournée à Paris, sur les Champs-Élysées, dans un restaurant de la chaîne Bistro Romain (emplacement parfait pour le genre émigré italien mélancolique, mais descendant de Jules César quand même). Bref, l'*italiano vero,* un désastre pour les quelques jeunes qui attendaient Peter Gabriel comme le Messie au festival de Sanremo, mais qui incarnait le triomphe de l'italianité, mythe si populaire dans le monde.

Mais comment avait-il été possible de faire jouer sur la même scène, le même soir, devant le même public, *Lasciatemi cantare* et *Shock the Monkey* ? À mon avis, ce n'est pas seulement une question de promotion et de maisons de disques. Cette coexistence, ainsi que toute l'histoire glorieuse de ce festival, est peut-être l'expression d'un tiraillement qui en dit long sur l'Italie et sa relation au reste de l'Europe et du monde. Des forces contradictoires entre sentimentalisme traditionaliste et désir de modernité, entre revendication de sa propre identité et curiosité envers ce qui se passe ailleurs, au-delà de la barrière géographique et psychologique des Alpes, avec le soupçon certes provincial mais quelque peu fondé que d'autres, à l'étranger, sont plus en avance, plus cool, plus dans l'air du temps. Un sentiment qui peut exister dans de nombreux pays mais qui en Italie, c'est du moins ce que je soupçonne, a toujours été plus fort.

C'est peut-être l'une des raisons pour lesquelles le festival de Sanremo est un événement si important au sein de notre société. On peut le détester, et certains ne s'en privent pas, il a même été longtemps de bon ton de le mépriser, avec le même dédain que j'avais moi-même envers Toto Cutugno. Mais tout le monde l'a regardé à la télévision et continue de le faire : pendant presque une semaine, généralement en février, chaque Italien a son avis sur ce rendez-vous qui, depuis soixante-dix ans, est le programme télévisé le plus suivi en Italie. Kitsch et grandeur, banalité affligeante et fulgurances esthétiques.

Sanremo est le symbole d'une Italie qui s'aime et se déteste à la fois.

Créé en 1951 pour attirer hors saison les visiteurs à Sanremo – la « ville des fleurs » et du casino à une demi-heure de route de Menton –, le festival de la Chanson italienne est devenu en quelques années un moment central de la vie culturelle et sociale du pays, et l'occasion d'aborder la question du *goût des autres*, selon l'expression utilisée dans le titre du beau film d'Agnès Jaoui et Jean-Pierre Bacri.

Les chansons peuvent provoquer des sentiments puissants, c'est sûr. La première fois que j'ai écouté de la musique live, ce fut à l'âge de cinq ou six ans à la fin de la fête de San Giuseppe, le saint patron de La Spezia. Dans le jardin près du front de mer j'ai assisté au spectacle des Ragazzi di Migliarina – célèbre orchestre local d'enfants et d'adolescents –, et à leur morceau phare *O bela Speza* (*O bela Speza/ Splendida perla sul mar/ Non sei Milan/ Non sei Paris/ Ma noi ti amiamo così*[1]. Je me souviens de ma gorge serrée, du sentiment d'avoir eu affaire à une émotion inexplicable, incontrôlable, merveilleuse. J'ai vécu la même chose les premières fois où j'ai regardé le festival de Sanremo à la télévision, présenté chaque année comme un événement extraordinaire donnant à écouter les plus belles chansons au monde, une ambition que personne parmi mes amis et ma famille n'avait jamais osé mettre en doute. Après tout, si tout le monde regardait ce festival, c'était qu'il le méritait.

Quelques années plus tard, je devais avoir onze ans, je vécus un grand choc au lendemain d'une édition de Sanremo quand mon père lut à haute voix, dans le quotidien génois *Il Secolo XIX*, un article qui reprenait la célèbre critique de Pasolini publiée quelques années auparavant dans l'hebdomadaire *Tempo* : « Le festival de Sanremo

1. Oh Spezia la belle/ Splendide perle sur la mer/ Tu n'es pas Milan/ Tu n'es pas Paris/ Mais on t'aime comme ça.

s'est terminé. Les villes étaient désertes ; tous les Italiens étaient réunis autour de leurs téléviseurs. Le festival de Sanremo et ses chansons sont quelque chose qui défigure irrémédiablement une société. Nous ne nous rendons pas compte que les soixante millions d'Italiens, s'ils le pouvaient, paieraient le prix du billet et iraient tous voir le spectacle de Sanremo en chair et en os. Tout le monde, ouvriers, étudiants, riches, pauvres, industriels. Les cent mille malheureux qui se bouchent les oreilles et les yeux devant cette folle bestialité sont les habitants d'un ghetto, qui se regardent avec étonnement, désespérés. »

Voilà un parfait exemple de ce que l'on appellerait aujourd'hui le fossé entre les élites et le peuple : d'un côté, les cent mille malheureux qui se bouchent les oreilles et les yeux et, de l'autre, les soixante millions d'incultes qui s'enthousiasment, Pasolini se revendiquant fièrement des premiers.

Je découvrais que tous les goûts n'étaient pas légitimes, ni d'égale estime. Cette émission que j'aimais tant, que nous avions regardé la veille avec mes parents, ma grand-mère et mon arrière-grand-mère, était donc d' une « folle bestialité ». Et c'était écrit dans le journal, de surcroît par un auteur important qui en savait certainement plus que nous tous réunis. À ce moment-là, j'ai pensé, ou plutôt perçu confusément, que nous, nous étions probablement des gens simples, trouvant admirables des choses en réalité horribles et s'emballant pour de mauvaises raisons.

J'ai alors senti s'abattre sur moi un poids terrible, ce que l'on nommerait le mépris de classe, mais à l'époque il n'était pas concevable que je réagisse comme beaucoup le feraient aujourd'hui, c'est-à-dire avec une fière réaffirmation de mes goûts, la revendication de mon identité de classe, voire de mes limites. Quand j'étais enfant, ce que mon caractère et mon environnement rendaient plus probable et qui s'est effectivement exprimé, était le sentiment profond et pitoyable de ne pas être à la hauteur. Comme l'adorable et inculte M. Castella (Jean-Pierre Bacri) qui tombe amoureux de Clara (Anne Alvaro), une comédienne lettrée et raffinée, dans *Le Goût des autres*.

La leçon de Proust

Sous cet angle, le festival de Sanremo a longtemps été le terrain de jeu parfait pour exercer une forme de domination en matière d'esthétisme, un outil de pouvoir imparable des classes supérieures : on donne aux Italiens un spectacle à voir, tout en lui reprochant d'être le symbole même de la médiocrité et du provincialisme italien. Et finalement, après ma collision avec les mots tranchants de Pasolini, j'ai regardé le festival de Sanremo avec des yeux plus exigeants. J'aurais peut-être grandi de manière plus insouciante, du moins en matière de goûts musicaux, si j'avais su ce que, *a contrario*, Proust pensait : « Détestez la mauvaise musique, ne la méprisez pas. Comme on la joue, la chante bien plus, bien plus passionnément que la bonne, bien plus qu'elle, elle s'est peu à peu remplie du rêve et des larmes des hommes. Qu'elle vous soit par là vénérable. Sa place, nulle dans l'histoire de l'art, est immense dans l'histoire sentimentale des sociétés[1]. »

En fait, la musique de Sanremo tient une place immense dans l'histoire sentimentale de la société italienne, et le festival a toujours essayé d'ennoblir ce que, seulement en Italie, on appelle *musica leggera*, la musique légère, dépourvue de poids et de profondeur par son seul nom.

L'histoire de Sanremo est faite de cette oscillation permanente entre *canzonette* (chansonnettes), ainsi que Pasolini les appelait, et moments de grâce. Comme lorsque Mia Martini, en 1989, chanta le magnifique *Almeno tu nell'universo*.

Le festival a souvent été accusé d'être le temple de la ringardise, même si à la fin des années soixante on y a vu des géants de la musique comme Wilson Pickett ou Stevie

1. *Les Plaisirs et les Jours*, Calmann-Lévy, 1896.

Wonder s'emparer de chefs-d'œuvre italiens tels qu'*Un'avventura* de Lucio Battisti et *Se tu ragazzo mio* de Gabriella Ferri. Néanmoins, les meilleurs artistes italiens, Fabrizio De André, Paolo Conte, Francesco De Gregori ou Lucio Battisti lui-même, à l'exception de l'année avec Pickett, ont toujours refusé de participer au concours de Sanremo.

Le soir où Dalida retrouva le corps de Luigi Tenco

La question de la qualité musicale, du goût du public et donc de l'état de la société italienne peut se lire aussi dans la tragédie qui frappa Sanremo le 27 janvier 1967. Le compositeur et interprète Luigi Tenco fut retrouvé mort dans sa chambre d'hôtel par sa fiancée de l'époque, Dalida, une balle dans la tête et une note d'adieu : « Je fais ça non pas parce que je suis fatigué de la vie (loin de là) mais comme un acte de protestation contre un public qui envoie *Io, tu e le rose*[1] en finale. » Il venait d'interpréter sa chanson *Ciao amore, ciao* et avait été éliminé de la compétition. Des livres enquêtes ont été écrits sur la mort de Tenco, sans parvenir à lever la part de mystère qui entoure

1. « Moi, toi et les roses », interprétée par la populaire Orietta Berti.

encore ce drame. En tout cas, la triste fin de l'extraordinaire chanteur de *Vedrai vedrai* a souligné le fossé existant entre la musique d'auteur et les succès populaires. Quelques années après sa mort, un prix Tenco fut institué, qui revint par exemple, outre à Léo Ferré, Georges Brassens et Jacques Brel, aux Italiens Franco Battiato, Paolo Conte, Francesco Guccini.

Sanremo s'est longtemps vanté d'être suivi dans le monde entier. Pour être exact, dans les années soixante-dix et quatre-vingt, le festival était diffusé principalement dans les pays sous influence soviétique. D'ailleurs en Bulgarie et en Géorgie, Toto Cutugno, les Ricchi e Poveri ou Al Bano et Romina Power sont encore d'immenses célébrités. Au fil des années, le festival a montré une Italie restée attachée à la tradition mélodique, mais ouverte sur le monde, et les moments les plus attendus par le jeune public étaient ceux des invités étrangers : Peter Gabriel, comme évoqué au début de ce chapitre, mais aussi David Bowie, Queen, U2, Bruce Springsteen. Des noms qui détonnent avec l'ambiance parfois « fête paysanne » de l'événement.

L'année 1987, l'une des meilleures du festival, a produit un curieux mélange : le trio vainqueur composé de Gianni Morandi, Umberto Tozzi et Enrico Ruggeri avec la chanson *Si può dare di più* inspirée de leur engagement dans la Nazionale

Italiana Cantanti (l'équipe de foot de chanteurs et d'artistes pour des matchs caritatifs), sur le thème classique de l'Italien généreux et bienveillant ; puis, grande émotion pour les seins de Patsy Kensit (artiste anglaise du groupe Eighth Wonder) entrevus grâce au glissement d'une bretelle de sa robe ; enfin, des invités de renommée internationale comme le Paul Simon de l'époque *Graceland* et les Mancuniens The Smiths qui ont chanté *Ask* pour le plus grand plaisir des ados à la maison et la stupeur du public dans la salle.

Je me suis rendu à Sanremo en 2002, en tant que journaliste, pour vérifier l'état du sanctuaire adoré et détesté de la culture populaire italienne. La première chose qui m'a frappée fut la tendance à l'autocélébration : le festival est l'un des rares événements au monde où présentateurs, artistes et invités ne cessent de parler du caractère unique de l'événement qu'ils sont en train de vivre, puis de l'émotion provoquée par le fait d'être « sur la scène historique du théâtre Ariston ». J'ai fait connaissance d'Alexia, native de La Spezia comme moi, ayant commencé sa carrière avec mes bien-aimés I Ragazzi di Migliarina ; la chanteuse et danseuse est arrivée deuxième du concours, cette année-là. Je suis aussi allé à la rencontre des spectateurs assis au premier rang, souvent capables de dépenser des milliers d'euros pour acheter une place, vêtus avec élégance comme à la Scala de Milan, et apparemment restés bloqués sur l'édition 1958 où Domenico Modugno chanta *Nel blu dipinto di blu*, chef-d'œuvre devenu célèbre dans le monde entier sous le titre *Volare*.

Au fil des années, le festival de Sanremo a beaucoup changé et tout le monde continue de le regarder, mais le refrain est différent : il y a ceux qui écoutent les chansons religieusement, et beaucoup d'autres qui s'amusent à les critiquer sur les réseaux sociaux, faisant preuve d'un second ou troisième degré néanmoins affectueux, loin du mépris absolu de Pasolini.

L'une des plus récentes éditions de Sanremo, celle de 2021, a été remportée par Måneskin, le groupe italien qui quelques mois plus tard est allé à Rotterdam conquérir aussi l'Eurovision.

Les Måneskin sont l'antithèse de tout ce que Sanremo a produit pendant des décennies : pas de chansons larmoyantes ni de paroles banales à la Toto Cutugno. Déjà, le nom du groupe, Clair de lune en danois (la bassiste est italo-danoise), sonne différent ; ensuite, leur tube *Zitti e buoni* (Calmes et tranquilles) que l'on pourrait qualifier de rock façon Led Zeppelin est un morceau qu'on n'aurait normalement pu écouter qu'en fin de soirée ; enfin, le look androgyne et sexy de Damiano, le chanteur, et des autres musiciens qui rompt avec la tradition. Vue à travers le prisme du festival de Sanremo, l'Italie 2021 a changé, elle est plus moderne, plus ouverte sur le monde, plus transgressive. Mais comme tout n'est – heureusement – pas perdu dans le pays de la *mamma*, des Italiennes ont créé un fan-club, le MammeSkin.

En France, c'est Johnny qui s'y colle

Il n'existe pas d'équivalent français du festival de Sanremo : l'Eurovision, née en 1956 sur le modèle italien, a suscité une passion croissante en France, mais son rôle socioculturel n'est pas comparable à celui de l'original. La France n'est toutefois pas en reste avec un phénomène tout aussi unique que le festival de Sanremo, un artiste capable de faire vibrer un peuple entier : Johnny Hallyday. Je n'oserais pas ici raconter aux Français l'une de leurs icônes, mais plutôt parler de l'effet que Johnny peut produire sur un étranger, en l'occurrence un Italien comme moi. Je me suis rendu à ses obsèques à Paris, le 9 décembre 2017, pour essayer de comprendre pourquoi il comptait tellement pour les Français, et je me suis retrouvé ému alors que je n'avais jamais acheté un de ses CD : impossible de rester indifférent à tant d'amour et de douleur partagés.

Le long des Champs-Élysées, qui ne sont plus ceux chantés par Joe Dassin ou filmés par Jean-Luc Godard, mais ceux de la consommation mondialisée (de Tiffany à Gap, de Disney à Adidas), un million de personnes ont rendu un dernier hommage à ce héros national qui n'appartient vraiment qu'aux Français au même titre que la tour Eiffel, mais dont les chansons, contrairement à la tour, sont inconnues dès qu'on arrive à Vintimille.

J'ai essayé de décrypter les raisons de ce deuil national pour un chanteur hissé au rang d'icône française. Je me suis entretenu avec un vieux monsieur qui se recueillait avec sa famille au passage du cercueil sur les Champs-Élysées. Selon lui, « Johnny a toujours été avec nous : quand on a quitté l'Algérie, quand le général de Gaulle est parti, quand Mitterrand est arrivé, quand la France a gagné la Coupe du monde, quand les terroristes ont commis des attentats et que Johnny a chanté pour les victimes. Johnny est toute notre vie, Johnny est la France ». Il se peut que Johnny résume à lui seul ce que le festival de Sanremo représente pour les Italiens : la capacité d'accompagner la vie de plusieurs générations de ses concitoyens.

Des adieux de souverain à celui qui, hors de l'Hexagone, peut apparaître comme un improbable Elvis à barbiche, un roi du rock'n'roll qui, contrairement à Chuck Berry avec sa musique sèche et directe, a enregistré pas mal de chansons un peu mièvres.

Comme la France, dis

Dans un univers bien éloigné de Sanremo et de Johnny Hallyday mais toujours musical, Français et Italiens ont trouvé ces dernières années un terrain d'entente cordiale insoupçonné : le rap, et pas seulement dans les influences mutuelles de Naples et Marseille que je mentionnais plus haut. La rivalité entre l'Italie et la France avait déjà trouvé une oasis de paix dans le cinéma de l'après-guerre avec la glorieuse épopée des coproductions entre Paris et Cinecittà, et aussi avec le beau documentaire *Passion(e) Cinema* de Francesco Ranieri Martinotti présenté au Festival du film de Venise 2022, dans lequel une pléiade d'acteurs et d'actrices français et italiens expriment leur première émotion cinématographique du pays voisin, mettant en relief la résonance qui existe entre les cinémas français et italien.

Autre milieu artistique, le rap montre une interpénétration similaire avec des protagonistes qui se nomment Ghali, Lacrim, Booba, Capo Plaza, Aya Nakamura, Izi, Dosseh, Rhove, Kalash, Sfera Ebbasta ou Simba La Rue. En est une preuve, *Come la Francia* (Comme la France), titre de la chanson manifeste du rappeur italien

Jamil, qui a grandi à Vérone avec un père sicilien et une mère iranienne. *Sembra le Banlieue sì il mio posto*, « Ça ressemble à la banlieue, oui, chez moi », dit Jamil, et son clip le filme dans un quartier de Vérone aux côtés du rappeur franco-marocain Lbenj, devant son groupe d'amis et trois grands drapeaux, français, italien et marocain. *Come la Francia*, est l'hommage le plus explicite qui soit à un pays perçu comme proche et amical. Il ne s'agit pas de politique, mais de la réalité sociale de banlieues multiculturelles identiques à Vérone, Casablanca, Paris, Gênes ou Lyon.

Dans le rap, ce genre musical né aux États-Unis, les Français et les Italiens ont maintenant leurs propres codes vestimentaires et linguistiques. Les maillots de la NBA ont été remplacés par ceux de la Juventus et du PSG, de la Sampdoria et de l'Olympique de Marseille. L'anglais n'est plus la langue dominante dans les textes. Au quotidien, on entend « survêts » ou « putain » chez le rappeur Rhove, originaire de Rho, une ville proche de Milan.

Le premier dans ce genre musical est Philippe Fragione alias Akhenaton, né à Marseille de parents napolitains, fondateur du groupe IAM en 1989, auquel ont fait appel les Napolitains Co'Sang pour collaborer à leur album *Vita bona*, sorti en 2009. Puis Akhenaton sort en

1995 un album solo, *Métèque et mat* qu'il enregistre et mixe… en Italie, à Naples et à Capri – un retour aux sources familial. Depuis lors, les *featurings* (collaborations) entre rappeurs italiens et français ont été légion. Emblématique d'une collaboration à lui tout seul, Speranza, nom de scène d'Ugo Scicolone, rappe en napolitain, tzigane, français et italien. Il faut dire que son parcours est éloquent : né et élevé près de Strasbourg par un père italien et une mère française, puis installé à Caserta dans le sud de l'Italie.

Paradoxalement, c'est dans le monde souvent bagarreur du rap que le rapprochement franco-italien se fait le plus visible et explicite.

X

Défense d'un côté, champagne de l'autre

Stade de Sarrià, Barcelone, lundi 5 juillet 1982. L'une des équipes de football les plus fortes de tous les temps, celle du Brésil, du *futebol bailado* (ballet footballistique) de Sócrates, Zico et Falcão, est éliminée contre toute attente par l'Italie de Zoff, Gentile et Rossi, qui s'apprête ainsi à remporter la Coupe du monde en Espagne.

Pise, dans le salon d'un appartement au troisième étage. Ventilateurs réglés au maximum, fenêtres grandes ouvertes mais volets clos pour que les images retransmises à la télé – l'écran large n'a pas encore fait son apparition – ressortent mieux dans la lumière de l'après-midi. Nous nous embrassons entre amis, grands-parents, tantes et neveux, nous embrassons le téléviseur aussi et pleurons d'une joie jamais vécue auparavant. C'est le bonheur de ceux qui voient un exploit *a priori* inconcevable se produire : après avoir vaincu l'Argentine de Maradona, nos humbles joueurs ont également battu une équipe dont la beauté du jeu et l'habileté semblent venir d'une autre planète. Pendant quelques jours, l'Italie ne sera plus synonyme d'attentats, ceux des années de plomb qui heureusement s'achèvent, mais regardée pour les scènes de liesse populaire et les plongeons des filles et des garçons dans les fontaines, enveloppés dans des drapeaux vert-blanc-rouge. L'« équipe femelle », que tout le monde imaginait éliminée en début de tournoi, venait de triompher.

Un commissaire Maigret sur les rives du Pô

« L'Italie est une équipe femelle : tout au plus sait-elle s'opposer, mais elle n'impose pas son propre jeu », déclara un jour Gianni Brera, le plus grand journaliste sportif italien. Né à San Zenone, village de Lombardie au bord du Pô, expert en vins et gastronomie, au physique trapu, inventeur de nombreux néologismes, Brera n'a jamais été vu sans cigare ou pipe, une sorte de commissaire Maigret des rives du Pô. Sa définition de l'équipe nationale italienne de football, répétée à l'envi dans les médias, découlait d'une série de considérations « ethno-anthropologiques » qui aujourd'hui nous feraient sourire, et susciteraient aussi (à juste titre) des accusations de sexisme. Mais cette formule de *squadra femmina* en disait long sur l'Italie, au-delà du football. Quand, enfant à Gênes, je lisais les articles de Gianni Brera dans l'hebdomadaire sportif *Guerin Sportivo* ou le regardais commenter, avec son air de critique littéraire, les matchs du jour lors de l'émission télé *Domenica Sportiva*, Gianni Brera parlait aussi du caractère national de l'Italie de cette époque, les années soixante-dix.

Le concept d'une équipe italienne « femelle » – beau paradoxe pour un sport et un pays tous deux longtemps associés à la virilité assumée – était une conséquence de l'après-guerre et de la façon de se comporter d'un peuple paysan et prolétaire qui avait connu la faim et qui affrontait la modernité avec un temps, ou deux, de retard par rapport au reste de l'Europe. Gianni Brera était le chantre très influent – au point, disait-on, de décider parfois de la composition de l'équipe nationale – d'une population disgracieuse, de petite taille et courte sur pattes, sous-alimentée et diminuée par des vagues successives de pellagre et de pauvreté, mais capable de transformer ce lourd héritage en force grâce à un orgueil légendaire. Aux antipodes de cette vision dure, prolétarienne et sacrificielle du football, en France régnait le style aérien des funambules Michel Platini, Alain Giresse, Jean Tigana. Entre 1979 et 1980, le jeu spectaculaire, décomplexé, enthousiasmant et offensif des Français fut rebaptisé – avec une pointe d'envie – *calcio champagne*, football champagne, par les Italiens. Une définition qui en dit long sur l'état d'esprit respectif des deux peuples...

Pas de champagne et encore moins de *calcio champagne* chez nous. Dans sa manière de jouer au ballon rond, immense passion nationale, l'Italie se révélait selon Gianni Brera « équipe femelle » et devait assumer sa psychologie profonde et sa nature. Celle d'un pays arriéré par rapport à l'Angleterre, l'Allemagne ou la France, mais capable de s'élever à leur niveau grâce à la ténacité, la ruse et le cœur – beaucoup de cœur.

Le catenaccio, *clé du caractère national*

Le *catenaccio* (verrou) a été pendant un siècle le jeu typique de la *squadra femmina* : jouer en défense pendant presque tout le match, protéger son but des attaques continues de l'adversaire physiquement plus fort, pour finalement frapper à l'improviste en le prenant de vitesse. Il suffit d'un tir au fond des filets grâce à la détermination et à cette pointe de chance qui appartient aux faibles courageux.

À l'étranger, les exploits de l'Italie peuvent sembler la confirmation d'une équipe de grande tradition footballistique, qui a remporté quatre Coupes du monde (seuls l'Allemagne et le Brésil en ont fait autant) et deux Coupes d'Europe. Par contre, vues de l'intérieur, les victoires des Azzurri ont souvent été vécues – par Gianni Brera et certainement par moi – comme le triomphe de l'outsider, la victoire de David contre Goliath, la revanche des pauvres contre les riches. Ce qui décuple la joie, évidemment. Le 5 juillet 1982, face à l'immense Brésil, l'Italie a parfaitement déroulé ce scénario avec trois buts de Paolo Rossi, le plus maigre et le plus malin des avants-centres devenus champions du monde.

Le cadeau des Anglais à Genoa

Le football en Italie est arrivé à la fin du XIXe siècle grâce à un groupe de Britanniques qui vivaient à Gênes et faisaient des affaires avec le port, à l'époque le plus important d'Europe. La première équipe de football italienne, celle que je soutenais enfant en revêtant le maillot rouge et bleu (même pour jouer dans la cour), porte le nom de Genoa, traduction anglaise de la grande ville ligure (Genova en italien, Zena en ligure). L'acte de création du club, un document détenu pendant des années par Gianni Brera et laissé en héritage à la Fondation Genoa après sa mort, a été signé en 1893 au consulat britannique, non loin de la maison où plus de quatre cents ans auparavant avait vécu Cristoforo Colombo. Les Anglais ont apporté à Gênes et à l'Italie un sport qui allait prendre racine comme dans peu d'autres endroits du monde.

Bleus azur contre Bleus tout court

Le premier match de l'équipe nationale italienne a eu lieu à l'Arena Civica de Milan le 15 mai 1910. Cette équipe d'amateurs, parmi lesquels il y avait des ouvriers, des commerçants et des comptables, a battu la France sur le score de 6 à 2, le premier acte d'une longue rivalité sportive entre Azzurri et Bleus qui atteindra son paroxysme près d'un siècle plus tard lors de la finale du Mondial de 2006 et du coup de tête de Zidane à Materazzi.

Cependant, pour ce premier match de 1910, l'Italie joua en blanc, maillots moins chers et plus faciles à trouver. Dès le troisième match de son histoire, contre la Hongrie l'année suivante, la fédération italienne décida de passer aux maillots couleur azur en l'honneur de la maison royale de Savoie qui utilisait le bleu marial sur son blason orné d'une croix blanche sur fond rouge. Depuis 1911, l'équipe nationale de toutes les disciplines sportives se présente toujours en azur, même si la monarchie a été abolie pour laisser la place en 1946 à la République italienne.

Avant le souverainisme de ces dernières années, l'engouement pour les Azzurri du football a longtemps représenté en Italie l'un des rares moments de patriotisme socialement acceptable. La patrie, un mot qui était prononcé du bout des lèvres dans l'Italie d'après-guerre, sauf chez les nostalgiques de l'époque mussolinienne. Le drapeau tricolore (vert-blanc-rouge), bien que dépourvu du blason monarchique au centre, restait associé à un nationalisme qui avait conduit le pays à la ruine. La couleur azur de l'équipe nationale était un symbole national moins connoté, plus *démocratique*, comme on dit en Italie pour exprimer peu ou prou le concept de *républicain* en France.

RDA contre RFA, il faut choisir son camp

À cette époque, les années soixante-dix de mon enfance, rien n'échappait à la politique, encore moins le football. Lors de la Coupe du monde 1974 en Allemagne de l'Ouest, je n'avais que six ans et demi, mais je garde un souvenir très net de ce tournoi (décevant pour l'Italie) : l'album de stickers Panini München 1974 avec le joueur de football peint par l'artiste Horst Schäfer sur sa très belle couverture ; l'incroyable but de Sanon qui donna l'avantage à Haïti lors du premier match de l'Italie (finalement gagné 3-1) ; les cheveux longs et les favoris impressionnants des footballeurs néerlandais, leurs noms exotiques et à coucher dehors, pleins de lettres doubles et de *k*, qui semblaient arriver d'une galaxie lointaine (Cruyff bien sûr, mais aussi les frères Van de Kerkhof, Rensenbrink, Neeskens, Haan, Suurbier) ; l'immense (1,93 m) et excentrique gardien polonais Jan Tomaszewski, qui élimina l'Italie. Et la joie incompréhensible de mon ami Davide pour la victoire de la RDA contre la RFA.

À l'époque, je ne savais même pas à quoi correspondaient ces deux sigles bizarres sur les autocollants des stickers Panini, ni l'importance géopolitique de ce match, mais j'ai compris plus tard que, pour la rencontre inaugurale de la Coupe du monde 1974 à Hambourg, le tirage au sort avait mis sur le devant de la scène les deux Allemagnes : l'équipe nationale de la *Deutsche Demokratische Republik* contre la *Bundesrepublik Deutschland*. Autrement dit, l'Allemagne de l'Est communiste contre l'Allemagne de l'Ouest capitaliste. Et les cousins pauvres de la RDA avaient battu les riches capitalistes de la RFA avec à la 77e minute un but de Jürgen Sparwasser, devenu la coqueluche de mon ami Davide.

La conscience politique de Davide, à huit ans, n'était peut-être pas très développée, mais celle de ses parents, si. Il y avait eu l'insurrection de Budapest en 1956, le printemps de Prague en 1968, et le Parti communiste italien avait déjà commencé lentement à prendre ses distances avec Moscou et le pacte de Varsovie. Mais à Gênes en 1974, dans l'Italie du parti communiste le plus puissant d'Occident, quand il fallait trancher en faveur de l'une ou l'autre Allemagne, ce n'était pas si étrange qu'une famille d'enseignants « démocratiques » penchât encore pour celle du satellite soviétique. Ainsi le médiocre milieu de terrain Jürgen Sparwasser de l'obscure équipe de Magdebourg s'est-il transformé en idole improbable, bien qu'encore un peu en dessous de Pelé aux yeux des enfants qui jouaient dans la rue au football à Pegli dans le Quartiere Giardino, plutôt bourgeois.

Deux ans plus tard le secrétaire du Parti communiste italien Enrico Berlinguer, figure éminente de l'eurocommunisme, accordait au *Corriere della Sera* une interview historique dans laquelle il affirmait se sentir mieux, plus en sécurité, de ce côté du rideau de fer, protégé par l'OTAN plutôt que par le pacte de Varsovie.

Désarroi et *aggiornamento* (actualisation) idéologique dans la famille de mon ami Davide. Quelques semaines après, ce dernier commença à nous expliquer que le plus beau pays au monde était la Finlande ; il n'y était jamais allé, mais il fallait lui faire confiance. Fin de l'amour pour l'Allemagne de l'Est et Jürgen Sparwasser : après la rupture de Berlinguer, les pays du bloc soviétique ne faisaient plus rêver. La nouvelle frontière possible pour les intellectuels, déçus par le socialisme réel et pourtant toujours communistes et antiaméricains, était devenue la neutre Finlande, voisine et amie de l'Union soviétique sans être sous sa domination. Davide se mit à me parler d'un ton extatique de Paavo Nurmi, « le Finlandais volant », comme si à cet âge je pouvais m'intéresser à un champion d'athlétisme nordique, de surcroît décédé.

En tout cas, le 15 octobre 1977, Davide et moi regardâmes ensemble le match Italie-Finlande, décisif en vue de la qualification pour la Coupe du monde 1978 en Argentine. Je me souviens encore de l'énorme émotion, de ma gorge serrée lorsque avant le coup d'envoi l'orchestre joue l'hymne national, *Fratelli d'Italia* (Frères d'Italie), et je me rappelle aussi dans les tribunes de l'agitation de Serafino, un *tifoso* à la voix de ténor et à la taille imposante qui était devenu une sorte de mascotte non officielle de l'Italie.

Davide – pouvoir de l'idéologie familiale oblige – soutient la Finlande, un choix mystérieux que néanmoins je respecte car mon ami était plus âgé que moi, notoirement premier de sa classe et invaincu au jeu des devinettes des capitales du monde entier. L'« équipe femelle », cette fois-là, abandonna le jeu défensif du *catenaccio* et submergea les modestes Finlandais avec un fabuleux 6-1 et quatre buts de Bettega, dont l'un marqué de la tête après un plongeon spectaculaire. Grâce à la différence de buts, c'est l'Italie qui partira en Argentine et non pas l'Angleterre, celle qui avait inventé le football et l'avait apporté à Gênes. La boucle était bouclée.

Azzurri et politique

À part mon ami Davide, j'ai rarement rencontré un Italien qui ne soutienne pas les Azzurri. Ça peut arriver par esprit de clocher ou goût de la contradiction ; parfois quelqu'un fait son intéressant en disant : « Je me fiche de l'équipe nationale, je soutiens l'Inter (ou la Juventus, Rome, Naples, bref, l'équipe d'une ville). » Mais rien n'échappe à la politique, comme nous l'avons dit, pas même le football.

Il en va ainsi d'un illustre Italien, au moins pendant une phase importante de sa vie publique, qui refusa de soutenir l'Italie pour des raisons politiques : le leader souverainiste Matteo Salvini.

Le parcours sentimentalo-footballistique et politique de l'allié de Marine Le Pen est, je crois, unique au monde, et en dit long sur l'extraordinaire capacité italienne à changer d'idées, d'alliances, de valeurs. Imaginez une Marine Le Pen qui combatte la France pendant des années en la considérant comme un État créé artificiellement de toutes pièces, qui commence sa carrière politique en militant pour l'indépendance de la Bretagne, patrie véritable qu'il fallait libérer du joug d'un État corrompu. Ne seriez-vous pas surpris de la voir un jour prôner la suprématie de la France éternelle ?

Matteo Salvini a réellement suivi ce parcours en zigzag. Il est passé de la haine de l'Italie, gouvernée par les *ladroni* (voleurs) de Rome et les méridionaux, à un amour fou pour elle. Il rêvait de la dissolution de l'Italie, de l'indépendance du Nord et du détachement du Sud – parasite et arriéré selon ses dires –, mais la sécession n'a pas eu lieu. Par conséquent, aujourd'hui, Salvini ne se revendique plus *padano* (de la plaine du Pô) mais il incarne l'Italien suprême qui affirme vouloir défendre Rome et l'Italie face à l'Europe des banquiers français et allemands. Il publie sur les réseaux sociaux des photos de lui avalant de la pizza et de la mozzarella, deux spécialités de Naples, ville qu'il méprisait autrefois de tout son cœur. Les personnalités politiques ont l'habitude de changer d'avis et de justifier leurs retournements de veste avec toutes sortes d'arguments plus ou moins fumeux. En ce qui concerne Matteo Salvini, il fait feu de tout bois, même dans le foot.

Coupe d'Europe 2000, organisée par la Belgique et les Pays-Bas. En finale, la France et l'Italie s'affrontent. À quelques secondes de la fin du temps réglementaire, l'Italie domine toujours par 1 à 0, mais un but *in extremis* de Sylvain Wiltord oblige les équipes à jouer les prolongations. La France attaque, sur la gauche Robert Pirès dribble trois adversaires et centre vers David Trezeguet, qui frappe la balle en reprise de volée. « C'est le genre de frappe qui peut passer au-dessus de la tribune ou finir dans la lucarne », dira l'attaquant français des années plus tard. Malheureusement pour l'Italie, le ballon entre dans les filets, la France est championne d'Europe. La consternation se propage dans des millions de foyers italiens tandis qu'une (seule) personne exulte : Matteo Salvini, à l'époque directeur de Radio Padania, la station de la Ligue du Nord, qui a soutenu la France contre l'Italie tout au long du match.

Lorsqu'on aborde l'importance sociale et politique du football, il faut dire que peu d'équipes dans le monde sont autant aimées, détestées, observées et chargées de significations extra-sportives que les Bleus. Il me semble que l'équipe de France joue un peu malgré elle le rôle de baromètre du « vivre ensemble » : saluée et citée en exemple d'intégration quand elle gagne, critiquée et réduite à une métaphore de l'échec de toute une nation quand elle perd.

Le 12 juillet 1998, j'étais en vacances en France lorsque les Bleus de Thuram, Deschamps et Zidane remportèrent leur première Coupe du monde. Les scènes de liesse dans les rues me rappelèrent le bonheur que j'avais connu en Italie en 1982. Si, à l'époque, le triomphe de Paolo Rossi, Marco Tardelli et des autres avait été interprété comme le signe d'une renaissance de l'Italie, qui exultait enfin après les années sombres du terrorisme, la victoire des Bleus aussi a été rapidement chargée d'un poids politique et social. En invitant les champions du monde à la garden-party de l'Élysée, le président Jacques Chirac mettait à l'honneur la France « black-blanc-beur », symbole d'un pays tout à coup multiculturel qui trouvait force et succès grâce à l'union de ses composantes noires, blanches et maghrébines. Zidane, fils d'immigrés algériens, fut célébré pendant quelques mois comme la preuve d'une réconciliation réussie entre les deux rives de la Méditerranée. C'était bon d'y croire, même si les prolongations n'ont pas duré.

Trois ans plus tard, le 6 octobre 2001, les Bleus champions du monde rencontrent pour la première fois l'équipe nationale algérienne au Stade de France, dans un match amical censé marquer l'harmonie retrouvée entre Français et Algériens depuis la fin de la guerre d'Algérie en 1962 : *La Marseillaise* sifflée par le public et l'invasion du terrain par les supporters algériens, dont beaucoup ont grandi autour du stade à Saint-Denis, ont montré au contraire que les fractures demeuraient profondes.

La Corée du Nord pour l'Italie

L'Italie et la France ont chacune connu un désastre sans pareil, un moment de crise footballistique qui a fini par impliquer tout le pays et par rester gravé à jamais dans l'histoire nationale. Pour l'Italie, le mot maudit est « Corée du Nord » ; pour la France, « Knysna », la ville sud-africaine.

Lors de la Coupe du monde 1966, en Angleterre, l'Italie joue à Middlesbrough ce qui sera désigné comme le match de la honte : en phase de groupe, après avoir gagné contre le

Chili et perdu contre l'Union soviétique, les Azzurri sont promis à une victoire – sur le papier, c'est gagné d'avance – contre la Corée du Nord. Au lieu de cela, à la 42e minute de la première mi-temps, le tir d'un certain Pak Doo-ik échappe au gardien italien Albertosi. Les Azzurri n'arrivent pas à se relever, les Coréens n'ont peut-être pas une tradition de joueurs de football mais ils courent comme des fous, soutenus par les supporters anglais amusés. L'Italie est éliminée. C'est un *caporetto*, dit-on en Italie en évoquant la pire défaite militaire de notre histoire, celle de 1917 pendant la Première Guerre mondiale. À l'aéroport de Gênes, l'équipe est accueillie par des jets de tomates et d'œufs pourris.

Pour l'Italie, il s'agit d'une défaite inconcevable qui ouvre la voie à des mesures extrêmes : les joueurs étrangers jouant déjà dans le championnat italien peuvent rester, mais les clubs de Serie A ne pourront plus en recruter de nouveaux. Avec l'espoir de favoriser l'éclosion de champions locaux, qui seront ensuite sélectionnés en équipe nationale, les autorités italiennes choisissent la voie de l'autarcie et de la fermeture des frontières, qui ne seront rouvertes qu'à l'été 1980. Dans mes souvenirs d'enfance, le grand champion danois Allan Simonsen (Ballon d'or 1977) n'avait aucun problème à évoluer en Allemagne, au Borussia Mönchengladbach, puis en Espagne à Barcelone, mais absolument pas en Italie : une petite preuve supplémentaire de notre temps de retard et de notre fermeture au monde extérieur.

Knysna pour la France

Pour la France, Knysna, la ville sud-africaine où se trouvait le centre d'entraînement de la sélection française, c'est le moment le plus bas, la défaite absolue, la bérézina (toujours la métaphore militaire…). Non seulement parce que la Coupe du monde 2010 en Afrique du Sud s'est rapidement conclue pour la France, mais surtout en raison du comportement de ses joueurs : grève à l'entraînement, refus de sortir du car, insubordination envers l'entraîneur Raymond Domenech, qui néanmoins lit le communiqué de l'équipe contre lui… Tout cela contribue à donner une très mauvaise image des footballeurs français. Si la génération gagnante de 1998 était celle de l'étreinte multi ethnique, la génération perdante de 2010 est définie à l'Assemblée nationale par la ministre des Sports de l'époque, Roselyne Bachelot, comme « des caïds immatures qui commandent à des gamins apeurés ». Knysna évoque des enfants gâtés qui se sont enrichis trop tôt, qui ne veulent pas s'entraîner, préférant écouter du rap au casque en permanence vissé sur les oreilles. Dans les commentaires les plus sévères à l'encontre du comportement des Bleus à Knysna, j'ai cru discerner une colère plus large, qui s'étendait aussi à leurs « frères » de banlieue, moins fortunés mais tout aussi mal élevés et arrogants. Huit ans plus tard, ce sera un garçon de Bondy, Kylian Mbappé, qui fera sauter de joie le président Emmanuel Macron, poings levés au ciel, dans les tribunes du stade de Moscou pour la deuxième Coupe du monde remportée par la France.

Triomphe des Azzurri à Wembley 2021, avant une nouvelle chute

La qualification manquée de l'Italie à la Coupe 2018 en Russie a provoqué moins de dégâts que celle encaissée contre la Corée. D'autant que les Azzurri ont su retrouver le niveau en Europe avec le triomphe de Wembley à l'issue de la finale contre l'Angleterre en 2021 (Matteo Salvini, désormais patriote italien, inondait les réseaux sociaux de messages d'encouragement aux joueurs). L'équipe nationale italienne n'a plus joué comme l'« équipe femelle » décrite par Gianni Brera. Grâce à son expérience en Premier League (à Manchester City), l'entraîneur Roberto Mancini, ancien champion de la Sampdoria, l'autre équipe de

Gênes, a donné aux Azzurri un jeu moderne, agressif et sûr de soi. Les Italiens attaquaient, ils étaient maîtres du terrain, ils imposaient leur jeu. L'élégant et cosmopolite Mancini avait créé une équipe décontractée qui semblait ne craindre personne. Les Anglais ont été défaits à domicile devant leur public consterné, déçu car cette fois il pensait *It's coming home*, la Coupe reviendrait à la maison, là où est né le football.

La victoire en finale le 11 juillet 2021 a été une nouvelle joie énorme pour les supporters italiens et un bref moment de *soft power* pour l'Italie de Mario Draghi, Premier ministre à l'époque avant l'arrivée de Giorgia Meloni. Les Azzurri de Mancini ont gagné avec un jeu bien articulé et décomplexé, arrêtant de jouer le scénario de David contre Goliath. Mais la transformation n'a pas duré longtemps. Lors de la phase de qualification pour la Coupe du monde au Qatar, l'Italie a été éliminée par la Macédoine du Nord, nouvelle Corée. Deux fois consécutivement, la Coupe du monde n'a pas compté les Azzurri parmi ses participants, privant les Français de l'un de leurs plaisirs favoris : tenter de gagner contre l'Italie.

Une rivalité longtemps à sens unique

Le football me paraît le domaine où les rôles s'inversent : ce sont surtout les Français qui ressentent une très forte rivalité à l'égard des Italiens. En Italie, les matchs incontournables des Azzurri ont été longtemps ceux contre l'Allemagne ou le Brésil, peut-être contre l'Angleterre à Wembley, certainement pas contre ces « parvenus » du football que les Français restent pour nous – au moins un peu. Bien sûr, on a admiré le *calcio champagne*, comme plus tard on a observé, stupéfaits, les prouesses de Kylian Mbappé ou de Karim Benzema. Mais du haut de nos quatre Coupes du monde, nonobstant les dégringolades récentes, on se fait plaisir en regardant les Bleus de haut.

Pour les Français, en revanche, le souvenir définitif, celui qui symbolise la relation footballistique avec les Italiens, est la finale perdue contre l'Italie à Berlin lors de la Coupe du monde 2006, avec le coup de tête de Zidane à Materazzi.

Lors d'un match des moins de dix ans à Paris, avec des parents plus tendus que les enfants (c'est le cas aussi en Italie), il m'est arrivé d'entendre une mère crier à son enfant tombé par terre : « Bouge-toi, c'est quoi ce bordel, on n'est pas des Italiens quand même ! » Au lieu de m'offusquer, j'ai souri avec un brin de satisfaction, en pensant que mes amis français n'avaient pas encore surmonté le souvenir de Berlin, et tant que cela reste du football, *va bene così*.

XI

D'Antenne 2 à Berlusconi

Sur le téléviseur familial, à Genova Pegli, il n'y avait que deux boutons qui correspondaient aux deux chaînes du service public, Rai Uno et Due. Depuis les années cinquante, la « Radiotelevisione italiana » a contribué à diffuser l'italien sur tout le territoire et à donner une langue nationale à un peuple habitué à s'exprimer dans des dizaines de dialectes différents, notamment en famille. Grande gratitude donc pour « Mamma Rai », comme on dit en Italie. Mais au début des années soixante-dix, après le Sessantotto[1], les premiers appels à une certaine pluralité se sont fait entendre, dont des protestations contre le monopole du service public. Des

1. Terme italien désignant l'ensemble des mouvements de contestation dans le monde, en 1968.

antennes qui promettaient de capter la Svizzera, la télévision suisse en langue italienne, puis Télé Monte-Carlo ont fait leur apparition dans le magasin d'électroménager près du *lungomare* (front de mer) de Pegli. Quand je rendais visite à ma tante Nerina et mon oncle Giorgio à Pise, où nous allions plus tard emménager, certains soirs nous pouvions regarder la télévision française grâce à un répéteur placé en Corse, toute proche. Sans comprendre grand-chose, mais cela n'avait pas d'importance. L'isolement était rompu.

La première fois que j'ai pu voir un programme télé non diffusé par la Rai, c'était un samedi après-midi à Pegli, grâce à la nouvelle antenne portable placée près de la fenêtre. J'avais sept ou huit ans, j'ai tourné le bouton avec l'émotion et la concentration d'un astronaute. Lorsque l'image grainée et tremblante d'un match de football est apparue – il n'y avait pas de rencontres le samedi après-midi en Italie –, je me souviens de ma stupeur, du sentiment d'avoir capté un mystérieux signal de la galaxie, comme s'il s'agissait de celui de Spoutnik. C'était un match du championnat suisse, l'équipe des Grasshoppers – un nom inoubliable – de Zurich contre le Servette de Genève, diffusé par la RSI, la télévision de la Suisse italienne.

Regarder la télévision suisse italienne était une expérience étonnante, l'accès à un monde extraterrestre similaire au nôtre mais avec des différences de fond qui le rendaient exotique et un peu absurde. Les publicités pour les détergents ou le chocolat se terminaient par le prix en francs suisses, les stades de football étaient plus petits et les tribunes collées au terrain, sans la piste d'athlétisme comme en Italie ; les journaux télévisés parlaient d'institutions fédérales inconnues et la langue était un italien impeccable mais avec un accent plus solennel, plus sérieux. Rien de bien extraordinaire pour vous, Français, qui entendez votre langue parlée en diverses versions partout dans le monde, de l'Afrique à l'Amérique du Nord. En revanche, hors de l'Italie, l'italien est la langue officielle uniquement à Saint-Marin, dans la Cité du Vatican et en Suisse, dans le canton du Tessin et dans certaines parties des Grisons. La RSI se faisait l'écho d'un monde alternatif, d'une petite et étrange Italie au-delà des Alpes.

Puis en août 1974, depuis le mont Agel français, une nouvelle télévision s'est mise à émettre en Ligurie : Telemontecarlo, la télévision de la communauté italienne de la principauté de Monaco. L'intérêt des Italiens de la péninsule pour cette chaîne a été immédiatement énorme, car Telemontecarlo était en couleurs, tandis que la Rai continuait de diffuser en noir et blanc, un choix dicté par une volonté politique plutôt que par un retard technologique.

Le noir et blanc est la marque de fabrique de l'Italie de ces années-là. Après le boom économique des années cinquante et soixante, correspondant plus ou moins aux Trente Glorieuses françaises, et après la vague libertaire du Sessantotto, l'Italie s'est trouvée confrontée au choc pétrolier, à la crise économique, au terrorisme d'extrême droite et d'extrême gauche, à la démocratie bloquée par l'impossible alternance entre la Démocratie chrétienne (le parti qui garantissait l'ancrage de l'Italie en Occident) et le Parti communiste (de plus en plus autonome et démocratique, oui, mais toujours lié au bloc soviétique et à ses financements).

À Genova Pegli, près de la charmante villa construite au milieu du XIXe siècle par les marquis Durazzo et Pallavicini et devant la petite gare ferroviaire, se trouvait la Casa del Popolo, une église laïque tenue par le Parti communiste, où de nombreux citoyens se réunissaient pour parler politique, peut-être voitures – on vantait les mérites de la Skoda, symbole du socialisme tchécoslovaque, par rapport à la Fiat italienne du *padrone* capitaliste Agnelli –, et pour regarder à la télé les discours d'Enrico Berlinguer, secrétaire très aimé du PCI, le Parti communiste italien, de 1972 jusqu'à sa mort.

Descendant d'une famille noble de Sassari, en Sardaigne, Berlinguer était le partisan d'une politique dite d'austérité, définie comme « la lutte contre le gaspillage, l'individualisme le plus débridé, le consumérisme le plus fou. L'austérité signifie rigueur, efficacité, sérieux, et justice. » Alors qu'en France on pensait Concorde et que Giscard le modernisateur posait ses valises à l'Élysée, en Italie, quarante ans avant les théoriciens de la décroissance plus ou moins heureuse, le climat politique était dominé par cette austérité préconisée par Berlinguer et d'autres grands représentants politiques de la majorité gouvernementale, comme le républicain Ugo La Malfa.

Ainsi, à la Casa del Popolo de Pegli et dans tous les foyers italiens, les téléviseurs se limitaient au noir et blanc, contrairement à ce qui se passait non seulement aux États-Unis depuis des décennies, mais aussi dans d'autres pays européens depuis quelques années. La télévision couleur était considérée comme un gâchis, la nouvelle arme utilisée par le capitalisme international et le consumérisme aveugle pour asservir les citoyens et les rendre esclaves de besoins inutiles. Pour voir les émissions en couleur, la Rai aurait dû faire des investissements importants, et les familles auraient dû s'endetter pour acheter un nouvel appareil. Mieux valait orienter les efforts du pays vers d'autres priorités moins frivoles.

Cependant, de nombreux Italiens ne supportaient plus d'être coupés des innovations technologiques qui se développaient au-delà des Alpes. Les deux Églises, la catholique et la communiste, avaient peut-être décidé de s'opposer à la corruption morale de la télévision couleur, mais si à Pegli un enfant de moins de dix ans consacrait des heures à tripoter les boutons du téléviseur et l'antenne individuelle pour capter le signal de la télé Suisse ou celui de Télé Monte-Carlo, à Florence un technicien en électronique fut le premier à briser le monopole de la Rai et du noir et blanc, avec beaucoup de compétence technique et tout autant d'imagination.

Mauro Montagni avait un magasin d'électroménager qu'il agrandit par la suite pour finir par occuper un immeuble de cinq étages et installer une antenne parabolique sur le toit. Remarquant qu'un faible signal de la deuxième chaîne couleur de l'ORTF arrivait de Corse jusqu'à Florence, il s'efforça d'en tirer profit. Il décida alors de placer un répéteur sur le Monte Secchieta voisin et en 1970, défiant la loi mais avec la complicité du journal local *La Nazione*, il organisa la retransmission de la finale de la Coupe du monde au Mexique (Brésil-Italie, 4-1) en couleurs dans un auditorium florentin.

Ce furent les débuts rocambolesques de la télévision française en Italie, instrument d'un rayonnement culturel de la France voulu plus par l'électrotechnicien Montagni que par le Quai d'Orsay, mais qui finit par impliquer l'ambassade de France à Rome. Puis l'Aifratef (Association italo-française des auditeurs de télévision française) fut fondée pour garder le lien entre le gouvernement de Paris et la société Telecentro Toscana de Mauro Montagni, qui plaça de nouvelles antennes sur le Monte Serra, près de Pise. C'est ainsi que des années plus tard, alors que j'étais à Pise, au lycée puis à l'université, je pus regarder la chaîne française, qui entre-temps était devenue Antenne 2, avec la même qualité audio et vidéo que la Rai.

Umberto Eco chez Pivot

Mes programmes préférés étaient *L'Heure de vérité* avec les journalistes politiques Alain Duhamel et Jean-Marie Colombani, et surtout *Apostrophes*, puis *Bouillon de culture* de Bernard Pivot, qui invitait souvent le grand intellectuel italien Umberto Eco, parfaitement bilingue. Je me souviens d'une émission consacrée à son roman *Le Nom de la rose*. Pivot disait à Eco qu'il était maintenant devenu un écrivain si populaire qu'il apparaissait sous la forme d'une définition dans les mots croisés, et l'invité de répondre avec une sublime fausse modestie : « Uniquement parce que mon nom de famille est très court et que ça arrange les créateurs de mots croisés ; je me permets de suggérer alors Carlo Bo, grand expert italien de littérature française au nom encore plus bref. »

Bien des années plus tard, à la mort d'Umberto Eco en février 2016, j'ai interviewé Bernard Pivot qui était devenu son ami. « Umberto m'a dit un jour que lorsqu'il est arrivé à Paris, alors étudiant, ce qui l'avait le plus impressionné était de voir les garçons s'embrasser sur la bouche dans la rue. "En Italie, ça ne se fait pas." Il a été très surpris, le monde était alors moins global. »

Le monde pas très global d'Umberto Eco était à l'origine celui d'Alexandrie, la province italienne du Piémont où il était né en 1932. Un tiraillement entre dimension provinciale étriquée et une certaine curiosité cosmopolite qui se retrouve dans l'évolution chaotique de la télévision.

Entre Slovénie et Alerte à Malibu

À La Spezia, dans les années soixante-dix, une autre improbable alternative à la Rai vit le jour : un signal partant de Yougoslavie atteignit presque miraculeusement les régions du nord-ouest de l'Italie. C'était la télévision publique slovène Koper, qui s'adressait à la communauté minoritaire italienne des Républiques fédérées de

Slovénie et de Croatie, dans les régions auparavant italiennes d'Istrie et de Dalmatie. L'envie d'exotisme et la curiosité pour tout ce qui venait de l'étranger me faisaient regarder avec intérêt des dessins animés hongrois et tchèques ainsi que des émissions sur le folklore de l'Herzégovine.

À Pise, le monopole de la Rai était aussi de temps en temps brisé par la chaîne de télévision AFN, l'American Forces Network, qui s'adressait exclusivement aux soldats américains de la base militaire du camp Darby. La réception du signal était presque impossible, mais certains soirs d'été, grâce à des phénomènes météorologiques imprévisibles, on pouvait voir quelque chose : l'image floue d'un *anchorman*, ou des petits points en mouvement qui correspondaient à un match de football américain. C'était comme regarder, par le trou de la serrure, un univers interdit.

La base du camp Darby a été construite après la Seconde Guerre mondiale, en 1951, lorsque l'Italie céda aux États-Unis mille hectares de pinède entre Pise et Livourne. La présence des Américains était très discrète en ville, peut-être aussi parce que Pise a été pendant des décennies l'une des pierres angulaires de la Toscane « rouge » : dans un pays gouverné par des démocrates-chrétiens et fermement allié aux États-Unis, les administrations locales étaient souvent communistes, notamment dans les régions d'Émilie-Romagne et de Toscane. La base militaire américaine, avec sa télévision et sa radio, se trouvait donc sur le territoire d'une commune gouvernée par les communistes.

À proximité du camp, dans le village balnéaire de Tirrenia, fondé par le régime fasciste en 1932, se trouvait l'American Beach qui a longtemps été la seule plage des forces armées américaines en Europe (elle est plus tard revenue à l'Italie). Lorsque vous vous promeniez entre Tirrenia et Marina di Pisa, vous trouviez le long de la plage des établissements balnéaires comme Perla, Mary, Lido, Vittoria, puis le *Bagno degli Americani*, un soupçon de Californie en mer Méditerranée. Un endroit où le dollar était monnaie courante, et qui était réservé aux familles des soldats. Parfois l'American Beach embauchait brièvement des travailleurs italiens, comme ma cousine Valentina qui, le temps d'un été, fut l'une des *lifeguards*, surveillante de baignade de cette plage, un remake d'*Alerte à Malibu* à vivre sur le littoral entre Pise et Livourne.

Un 4 juillet à Tirrenia

La cohabitation entre Américains et Italiens était plutôt sans histoires : chaque année, le soir de la fête nationale américaine du 4 juillet, la base du camp Darby s'ouvrait partiellement aux

Pisans qui étaient invités à manger des hot dogs et à plonger quelques heures dans l'*American way of life* version forces armées. Cependant, tous les 4 juillet après-midi, devant l'entrée de la base, les militants communistes et pacifistes comme mon ami Giovanni manifestaient avec des drapeaux rouges et le slogan *Fuori la Nato dall'Italia, fuori l'Italia dalla Nato* (L'OTAN hors d'Italie, l'Italie hors de l'OTAN).

Antenne 2, la Svizzera, Telemontecarlo, Koper, AFN : le pluralisme des images, dans l'Italie d'avant l'ère Internet, a longtemps été davantage lié à la passion de certains citoyens et aux aléas météorologiques qu'à une gestion politique consciente. La naissance de l'empire médiatique de Silvio Berlusconi ne fait pas exception. Avant de devenir Premier ministre, l'homme d'affaires réussit à bouleverser le paysage audiovisuel italien, essayant ensuite de faire la même chose en France avec La Cinq.

Berlusconi et sa télé de quartier

En Italie, l'aventure télévisuelle de Berlusconi, futur magnat des médias internationaux, commença par une petite télé de quartier, TeleMilanoCavo. La loi italienne des années soixante-dix garantissait à l'État le monopole des émissions télévisées par voie hertzienne. Les pionniers de la télévision privée se mirent à ouvrir des petites chaînes câblées : TeleBiella dans le Piémont, et TeleMilanoCavo à Milano 2, la nouvelle cité-jardin construite à Segrate, aux portes de Milan, par l'entrepreneur Berlusconi qui avait choisi de réduire autant que possible les antennes disgracieuses sur les toits en faveur du câble.

L'employé de banque Giacomo Properzj eut l'idée d'utiliser le câblage de Milano 2 pour des émissions destinées aux habitants du quartier et des immeubles tout proches : au total, pas loin de cinq mille personnes assistaient aux assemblées de syndic et autres initiatives de quartier grâce aux studios de télévision installés dans un sous-sol. En 1975, lors des élections régionales et municipales, les élus locaux achetèrent quelques minutes d'antenne pour parler aux électeurs de Segrate.

L'expérience artisanale de Giacomo Properzj eut beaucoup de succès parmi les usagers, mais manquait cruellement de financements ; elle était donc destinée à croître dans d'autres mains ou à s'arrêter net. Properzj accepta donc la proposition de Silvio Berlusconi de racheter TeleMilanoCavo pour la somme symbolique d'une lire, reprenant toutefois les 18 millions de lires de dette. Cette télévision de quartier fut le premier embryon de l'empire télévisuel Mediaset. TeleMilanoCavo devenue Telemilano ouvrit l'antenne à l'automne 1977 à des émissions expérimentales depuis le toit du gratte-ciel Pirelli, devant la gare centrale de Milan.

Cette même année, la Rai prit des couleurs… quelques heures par jour, dix ans après la France ! Avec l'enlèvement et l'assassinat du leader de Démocratie chrétienne Aldo Moro par les Brigades rouges en 1978, l'Italie s'apprêtait à vivre les années les plus dures du terrorisme. Une fois ces années sombres terminées arriva l'époque du *riflusso*, du reflux, vers l'individualité, de la fin de l'engouement collectif pour l'engagement politique, du triomphe de l'hédonisme et de la consommation : la volonté de vivre avec gaieté après une décennie d'austérité et de lutte armée.

Telemilano devient Canale 5, qui diffuse en couleurs la série américaine *Dallas*, l'un des plus gros succès de l'histoire de la télévision. Des millions d'Italiens, malgré le respect pour l'austère communiste Enrico Berlinguer, se passionnent pour les intrigues de cette famille de richissimes exploitants pétroliers texans.

L'austérité et sa télévision en noir et blanc, prônées par Berlinguer quelques années plus tôt, étaient mortes et enterrées, balayées par le désir des Italiens d'oublier le climat oppressant et punitif des années soixante-dix et de se mettre à consommer, consommer, consommer, comme la nouvelle télé commerciale de Berlusconi les pressait de faire. Après une période de morosité et d'enfermement, seulement rompue par quelques images fugaces venues de l'étranger (France, Suisse, Monaco ou Yougoslavie), l'Italie de la télé s'est ouverte aux couleurs d'émissions telles que *Drive In* sur Canale 5 : deux heures de numéros d'humoristes, surtout milanais, accompagnés des seins débordants de Carmen Russo et d'autres soubrettes.

« La Cinq, c'est classieux ! »

Les mêmes seins débordants de Carmen Russo apparaissent dans la première émission de La Cinq en 1986. Silvio Berlusconi tente de réitérer en France l'exploit qui l'a mené au succès en Italie, mais cette fois il ne recommence pas avec la télévision câblée de quartier. En Italie, il est déjà un entrepreneur confirmé et ses chaînes sont regardées et aimées par des millions de téléspectateurs. Le président du Conseil italien de l'époque, le socialiste Bettino Craxi, prend Berlusconi sous son aile et le recommande au président français François Mitterrand, qui souhaite à son tour moderniser le paysage audiovisuel français.

C'est ainsi que, à la stupéfaction d'une partie du gouvernement et à l'opposition de Jack Lang, tenté de démissionner, Berlusconi s'allie à Jérôme Seydoux (le grand-père de Léa Seydoux qui venait de naître), puis à Robert Hersant, remplacé ensuite par Jean-Luc Lagardère, pour lancer la première chaîne de télévision généraliste privée en France, La Cinq. Si on la revoit aujourd'hui, l'émission inaugurale du 20 février 1986 fait sourire : les présentateurs Christian Morin et Roger Zabel, précédés de danseuses en fourrure blanche (c'était une autre époque), entrent en piste pour s'adresser aux Français, simulant leur débarquement d'un vol de Concorde, appareil qui semble avoir atterri directement dans le studio et en devient le décor. Pour vaincre les nombreuses résistances, Berlusconi l'avait promis aux autorités françaises : « Ce ne sera pas une télévision Coca-Cola, ni une télévision spaghetti. Ce serait plutôt une télévision beaujolais. Et champagne le samedi ! »

Et en effet, cette première soirée sembla tenir ses promesses de respecter l'identité nationale : bien sûr, il y eut le président de la Metro-Goldwyn-Mayer américaine, qui annonce les prochains et nombreux films de La Cinq ; il y eut l'Italie en la personne de la présentatrice Milly Carlucci, du chanteur Eros Ramazzotti, des acteurs Ugo Tognazzi et Ornella Muti, mais le tout dans une ambiance française saupoudrée d'international, reproduisant une recette faite d'ingrédients populaires et raffinés, de produits locaux et exotiques, qui fit la fortune du festival de Sanremo et ensuite de la chaîne privée Canale 5 en Italie. Ainsi vit-on Charles Aznavour, Michel Sardou, Johnny Hallyday et Michel Platini saluer la naissance de La Cinq, mais aussi Rudolf Noureev et Sting. Même l'immense Serge Gainsbourg, qui, à peine deux ans plus tôt, avait mis le feu à un billet de 500 francs en direct sur TF1, laissa de côté la provocation, ouvrit la main devant la caméra et assura : « La Cinq, c'est classieux ! »

Le présentateur Christian Morin expliquera aux Français ce que sera La Cinq, et cela ressemble presque au programme politique d'un parti comme celui que Berlusconi fondera en Italie quelques années plus tard : « La Cinq est une nouvelle télévision, une télévision de spectacle pleine d'optimisme, de rythme, de lumière, de joie, une télévision pour des loisirs sereins et heureux. »

L'optimisme de La Cinq et de Berlusconi ne suffira pas. Les désaccords avec les partenaires, l'incapacité technique de couvrir l'ensemble du territoire français, l'opposition des concurrents unis comme les doigts de la main et des taux d'audience ne compensant pas les énormes investissements sont quelques-unes des causes de l'arrêt de La Cinq six ans plus tard, le 12 avril 1992. La Cinq s'excuse auprès des téléspectateurs « pour cette interruption définitive de l'image et du son ».

De cette aventure, il est resté en Italie un vague sentiment d'injustice, qui ne se limite pas aux sympathisants de Berlusconi. L'échec de La Cinq alimentera cette idée, très répandue en Italie, que les relations commerciales et industrielles entre les deux pays ne sont pas sur un pied d'égalité : les Français peuvent débarquer en Italie et acheter des fleurons nationaux comme Parmalat ou Bulgari, Gucci ou Fendi sans personne pour les arrêter, mais quand les Italiens essaient de faire des affaires en France – à l'instar de Berlusconi avec La Cinq ou, trente ans plus tard, Fincantieri avec les Chantiers de l'Atlantique –, ils se heurtent au protectionnisme du système français.

Vincent Bolloré, le nouveau Silvio Berlusconi ?

On dit souvent que l'Italie est un laboratoire politique pour l'Europe. Il sera donc intéressant d'observer le développement de l'empire médiatique de Vincent Bolloré dans les temps à venir. Bolloré et Berlusconi ont essayé ensemble de construire un Netflix européen, mais l'entrée de Vivendi dans le capital de Mediaset a provoqué un conflit qui a duré des années. Aujourd'hui, les relations entre les deux entrepreneurs semblent avoir retrouvé un certain équilibre, et Bolloré paraît parfois s'inspirer de son confrère italien (de seize ans son aîné). Comme Silvio Berlusconi (ou

Rupert Murdoch), Bolloré a su étendre ses intérêts à la communication, créant des synergies entre la presse, l'édition, la télévision, la radio et le cinéma. Il est peu probable néanmoins que Bolloré imite Berlusconi jusqu'au bout, à savoir : utiliser son empire pour se présenter en politique.

Selon l'ex-président de la République française François Hollande, il existe néanmoins un lien entre le parcours des deux industriels : « Nous reprochions à Silvio Berlusconi de mettre ses télés au service de sa carrière politique, mais maintenant il y a un groupe privé, celui de Bolloré, qui a choisi en Éric Zemmour le porte-parole de ses intérêts[1]. »

Le fondateur du parti Reconquête ne recueillera que 7,07 % des voix dans la course à l'Élysée et ne parviendra pas à entrer à l'Assemblée nationale lors des élections législatives qui ont suivi. Mais, comme Éric Zemmour l'a écrit lui-même en commentant les élections italiennes, le succès de Giorgia Meloni est encourageant pour sa propre lutte politique. Si en 2018 Meloni plafonnait à 4 % et est devenue quatre ans plus tard la première femme présidente du Conseil italien, Zemmour pourrait tout aussi bien se relever. Surtout s'il peut compter sur l'appui de la ligne éditoriale des médias de Bolloré.

---

1. Cette déclaration est extraite d'une interview au *Corriere della Sera*, six mois avant l'élection présidentielle de 2022.

Revenons en Italie. Enfant, je m'enthousiasmais pour le logo animé quasiment psychédélique de Telemontecarlo, pour un reportage au conseil municipal de Bellinzone en Suisse ou encore pour la statue du joueur de flûte qui annonçait le début des programmes de Koper. Désormais adolescent, il était clair pour moi que les deux Églises, catholique et communiste, étaient dépassées par l'Histoire. Dépassé le noir et blanc, dépassée l'austérité. Berlusconi et ses télévisions – bientôt Rete 4 et Italia 1 s'ajouteraient à Canale 5 – représentaient la revanche, décomplexée jusqu'à la vulgarité, d'une Italie nouvelle. Le pays entrait dans une phase de libération hédoniste et la télévision, longtemps en retard sur la société, rattrapait le temps perdu – peut-être à trop grande vitesse.

XII

La téléréalité tragique

Alfredino à Vermicino, Grégory dans les Vosges

Vermicino est une commune de moins de cinq mille habitants près de Rome. À Vermicino, le 10 juin 1981, un garçon de six ans, Alfredo Rampi, tombe dans un puits artésien. Pendant trois jours, sa mère, son père et plusieurs bénévoles vont tenter par tous les moyens de le sauver pendant que vingt-huit millions d'Italiens restent scotchés devant leur écran de télévision pour le plus long direct jamais diffusé à ce jour. Dix-huit heures d'émission ininterrompue de la Rai sur l'ensemble de ses chaînes, pas moyen d'échapper au drame. Une nation entière s'arrête pour suivre le sort d'Alfredino. À côté du puits, les phares et les engins des pompiers, des milliers de badauds, quelques vendeurs de boissons et de sandwichs à la sauvette, et le président de la République Sandro Pertini.

En matière d'intensité des réactions et d'émotion populaire, l'histoire d'Alfredino peut être comparée à celle du petit Grégory en France, assassiné trois ans plus tard, une affaire qui n'est toujours pas véritablement résolue.

Mais Vermicino est bien plus qu'un fait divers. Il marque une pierre angulaire dans la vie du pays, car il n'était jamais arrivé auparavant que tout le monde se sente impliqué dans un événement en cours pendant plusieurs jours, et surtout que cela soit diffusé par la télévision. En 1969, les Italiens avaient regardé avec le reste de la planète Terre Neil Armstrong poser le pied sur la Lune, pendant quelques minutes. Cette fois-ci, au lieu du ciel, leurs regards se sont tournés vers les entrailles de l'enfer.

Quelques jours avant le drame, Alfredino est arrivé dans la maison de campagne près de Rome avec sa mère Franca Bizzarri, son père Ferdinando Rampi, sa grand-mère Veja et son frère cadet Riccardo (deux ans) pour y passer l'été. Un soir, le mercredi 10 juin 1981, au retour d'une promenade en famille, il obtient l'autorisation paternelle de rentrer seul en coupant à travers champs.

À 20 heures, le père arrive à la maison et voit qu'Alfredino n'est pas rentré. Il se met à sa recherche ; à 21 h 30, il donne l'alerte. Policiers et pompiers arrivent sur les lieux, la grand-mère suggère la première d'aller vérifier le puits récemment creusé dans une propriété voisine. L'entrée du puits est obstruée par une plaque de tôle, les recherches se poursuivent donc ailleurs. Un policier décide cependant de retourner vérifier. Il déplace la tôle, introduit la tête dans le trou et entend l'enfant gémir. Peu avant, vers 21 heures, le propriétaire du terrain avait recouvert l'orifice sans imaginer qu'un enfant y était tombé.

Le puits artésien mesure vingt-huit centimètres de diamètre et quatre-vingts mètres de profondeur. On ne sait pas à quelle hauteur l'enfant a été arrêté dans sa chute. Les pompiers décident de faire descendre une planche de bois par une corde afin qu'Alfredino puisse s'y accrocher et être remonté vers la surface. Ce sera la première d'une série d'erreurs : la planche se coince à vingt-quatre mètres de profondeur – l'enfant est plus bas, à trente mètres environ – ce qui compliquera les tentatives suivantes.

Vers 1 heure du matin, un micro est envoyé pour communiquer avec l'enfant, qui demande à « enfoncer la porte et entrer dans la chambre noire ». Une phrase qui alimentera ensuite l'hypothèse que le petit garçon aurait été kidnappé et endormi avant d'être jeté dans le puits. Plus probablement, il ne se rend pas compte de ce qui lui arrive et surtout commence à perdre sa lucidité.

Les spéléologues arrivent dans la nuit. Deux d'entre eux descendent dans le conduit, mais ne parviennent pas à enlever la planche de bois qui bloque l'accès à l'enfant. Les pompiers envoient de l'oxygène dans le puits pour qu'Alfredino ne manque pas d'air.

Au petit matin du jeudi 11 juin, le commandant des pompiers de Rome, Elveno Pastorelli, donne l'ordre de forer un puits plus large, à quelques mètres de celui dans lequel Alfredino est tombé, afin que les sauveteurs puissent rejoindre l'enfant par une galerie latérale. Des géologues les mettent en garde : le sol est très dur, rocailleux, ce forage va demander de nombreuses heures de travail, mais Pastorelli est déterminé. Impossible d'atteindre l'enfant par le puits trop étroit, il faut donc en creuser un autre.

La foreuse entre en action, les vibrations dans la roche sont effroyables ; par le micro descendu dans le puits, Alfredino dit qu'il a peur ; les tremblements et le bruit sont insupportables. Il est nourri avec de l'eau sucrée par un petit tuyau, il parle à sa mère et à un pompier, Nando Broglio, qui le rassure : « N'aie pas peur, ce bruit, c'est Mazinger et Goldorak qui viennent te chercher. »

À cette époque, les enfants italiens viennent de découvrir les dessins animés japonais. La Rai diffuse *Goldorak*, *Jeeg*, *Mazinger Z* et les autres personnages robots créés par Gô Nagai, le grand auteur de mangas. Le pompier Broglio, qui a lui-même quatre enfants, évoque les héros qui sont sur le point de le sauver et lui promet de l'emmener faire un tour dans son camion rouge.

La tragédie d'Alfredo Rampi et de sa famille devient un fait divers médiatique national presque par hasard : un journaliste de la Rai entend sur une télévision privée locale l'appel à trouver rapidement une foreuse, « pour sauver un enfant à Vermicino ». Des équipes de télévision sont envoyées sur place où elles interviewent le commandant des pompiers Pastorelli persuadé que le deuxième puits est sur le point d'être terminé et que le sauvetage de l'enfant est désormais imminent. Rai Due reste alors connectée en direct pour ne pas rater le moment crucial de la réapparition d'Alfredino à la surface.

C'est le début du cirque médiatique. Rai Uno commence des directs, le service public veut offrir aux téléspectateurs le moment que tout le monde attend.

L'ère de la concurrence télévisuelle vient de commencer et Canale 5, la chaîne de télévision privée de Silvio Berlusconi, avec ses programmes populaires à grand succès, a brisé depuis un an le monopole de la Rai. La télévision institutionnelle et feutrée est en train de faire sa mue. La Rai veut prouver qu'elle aussi est réactive, qu'elle aussi est proche des souhaits et des intérêts des téléspectateurs. Et il n'y a rien de plus passionnant qu'assister au sauvetage d'un enfant et l'imaginer enfin à sa place, entre les bras de sa mère. Une image apparaît sur tous les écrans d'Italie, que personne ne pourra plus jamais oublier : la photo, prise quelques jours plus tôt, d'Alfredino Rampi riant sur la plage, vêtu d'un débardeur à rayures horizontales, à côté de son petit frère. Le portrait même de l'innocence.

À l'époque, j'ai treize ans, je suis sur le point de passer l'équivalent italien du brevet, je devrais réviser – au moins un peu. Je suis assis à mon bureau dans ma chambre, mais mes pensées sont fixées sur le téléviseur dans le salon au bout du couloir. Normalement, je n'ai pas l'autorisation de regarder la télévision avant le soir, à quelques exceptions près (de toute façon, les programmes ne commencent qu'en milieu d'après-midi). Et à 22 heures, zou, au lit. Mais pendant ces trois jours, la télévision est un aimant, vingt-quatre heures sur vingt-quatre. Je fais des dizaines d'allers-retours dans le couloir, même la nuit en secret, pour voir où en est le sauvetage d'Alfredino.

Comment résister ? Comment peut-on ne pas allumer la télévision pour voir si Goldorak a réussi à le sauver ? Cela peut arriver à tout moment, disent les reporters. Je me souviens d'un vague sentiment de culpabilité parce que je m'interroge sur l'utilité de mes révisions à un moment pareil et aussi parce que je ne suis pas sûr qu'il soit raisonnable et décent de regarder des heures durant les gros plans sur la mère de l'enfant. Alfredino appelle sa maman, parfois il pleure, elle lui répond sans jamais perdre le contrôle, avec une dignité infinie, donnant de la force à son fils englouti sous terre. Les moments déchirants se font de plus en plus fréquents, les spectateurs italiens y assistent avec embarras et pudeur mais l'idée communément partagée est que peut-être sommes-nous coupables de voyeurisme, mais au fond tout ce que nous désirons, c'est revoir le sourire de cet enfant, et ne pas louper l'instant où le Bien triomphera des ténèbres.

Seulement, les foreuses rencontrent des strates de roche de plus en plus dure. Le temps s'étire et la foule continue d'affluer à Vermicino.

Dix mille personnes massées près du puits, mettant en péril les opérations de secours. La police est incapable d'isoler la zone, les télévisions n'ont pas le courage d'interrompre la diffusion en direct.

À 16 h 30, le vendredi 12 juin, le président de la République, Sandro Pertini, arrive sur place. Le chef de l'État tente à son tour de parler à l'enfant par l'intermédiaire des micros de la Rai. Alfredino, épuisé, répond de manière inintelligible.

Aujourd'hui nous sommes habitués à voir des représentants de l'État se précipiter sur les lieux d'un drame. Mais en juin 1981, découvrir le président de la République dans la campagne romaine est inédit. Pertini, socialiste exilé en France pendant le fascisme et résistant pendant la Seconde Guerre mondiale, a succédé deux ans plus tôt au démocrate-chrétien Giovanni Leone, contraint à la démission en raison d'accusations de corruption plutôt sommaires.

Pertini, un homme de quatre-vingt-deux ans à l'énergie démesurée, se présente aux Italiens comme une sorte de grand-père : sévère avec les adultes inactifs, tendre avec les enfants. Pertini bouscule la tradition des présidents-notaires pour devenir bientôt le chef d'État le plus aimé des Italiens, l'homme qui, même s'il a accédé au palais du Quirinal, la résidence officielle du président de la République, grâce à l'ensemble de la classe politique réunie (en Italie il n'y a pas d'élection directe du président), se pose en défenseur des citoyens lambda contre cette même classe politique.

Le premier leader populiste, diront ses détracteurs, des décennies avant que ce terme ne représente un courant politique. Pour toutes ces raisons, il est finalement inévitable que le président grand-père Sandro Pertini se précipite à Vermicino. Et voilà une autre raison pour les médias de continuer les directs. Toute l'Italie regarde le président qui, sur place, regarde les secouristes.

Près de deux jours après la chute de l'enfant, au soir du vendredi 12 juin, le deuxième puits est achevé et le tunnel qui le relie au premier, à trente-quatre mètres de profondeur, est également creusé. Mais l'enfant n'est pas là. Les vibrations des foreuses l'ont fait tomber encore plus bas, à soixante mètres de la surface. Mazinger, Jeeg et Goldorak n'ont pas réussi à le sauver. Le deuxième conduit n'a fait qu'empirer les choses. Il ne reste qu'à se résigner à de vaines tentatives. Mais la population ne se résigne pas : les volontaires reviennent s'enfoncer dans le puits, tête la première, dans l'espoir d'atteindre Alfredino.

À ce moment-là, tout devient acceptable. Après les spéléologues, qui échouent, se présente un homme de trente-sept ans, père de trois enfants, originaire de Sardaigne, qui travaille comme livreur pour une imprimerie à Rome. Il s'appelle Angelo Licheri, il est petit et maigre. Sa femme l'a vu s'étirer devant le miroir le matin même, comme pour s'entraîner, sans imaginer ce qu'il avait en tête. Comme des millions d'Italiens, Angelo suit l'émission sur le sauvetage de l'enfant en direct. Dans l'après-midi du vendredi 12 juin, il quitte la maison en disant à sa femme qu'il part chercher des cigarettes. En réalité, il court à Vermicino. Il arrive à franchir les barrières des forces de l'ordre et à parler au chef des pompiers : « Laissez-moi essayer, je veux descendre dans le puits, je suis petit, je peux réussir. »

On l'aide à s'introduire dans le trou, tête en bas, vêtu seulement d'un caleçon et d'un maillot de corps pour éviter trop d'épaisseur qui pourrait entraver sa descente vu l'étroitesse du puits. Il demande que la corde soit lâchée par à-coups afin que le poids lui permette de descendre sans se coincer. Après vingt minutes, il atteint l'enfant à soixante mètres de profondeur. Il enlève la boue des yeux et de la bouche du petit garçon, lui promet un nouveau vélo, et un bateau, car il sait qu'Alfredino aime pêcher. Il lui enfile un harnais et tire sur la corde pour que les pompiers en surface remontent l'enfant, mais les sangles ne tiennent pas. Il essaie une nouvelle fois, mais Alfredino reste coincé. Il fait une dernière tentative à mains nues. Il attrape Alfredino par les poignets mais la boue le fait glisser. Le bénévole réapparaît à la surface au bout de quarante-cinq minutes, bien au-delà des vingt-cinq considérées comme acceptables pour ne pas nuire à sa santé. Son visage est plein de boue, de sang et de larmes, son corps marqué par les blessures causées par les pierres le long du tunnel. Il passera des semaines à l'hôpital.

Après lui se proposent des nains, un contorsionniste de cirque, et durant la nuit un jeune est arrêté au dernier moment quand on découvre qu'il a menti sur son âge : il est mineur. Vers 9 heures du matin, le samedi 13 juillet, un stéthoscope est descendu dans l'espoir de détecter le rythme cardiaque d'Alfredino, qui ne parle plus. Dans l'après-midi, une microcaméra révèle aux secouristes que l'enfant est immobile et ne respire pas. L'Italie entière a le cœur brisé. Le corps sera récupéré vingt-huit jours plus tard.

Générosité des citoyens, impréparation des institutions

Ce drame s'est déroulé selon certains traits traditionnels du caractère italien : la générosité et le génie de certains individus servent à masquer l'imprudence et l'incivilité des autres, ainsi que l'incompétence et l'impréparation des institutions. Le puits n'aurait jamais dû être laissé ouvert. Une fois les secours d'urgence mis en place, les autorités auraient dû immédiatement établir un périmètre de sécurité, mais des curieux ont continué d'arriver pendant des heures, et des centaines voire des milliers de personnes ont ainsi gêné les secours. Parmi elles, toutefois, il y avait aussi des dizaines de bénévoles prêts à risquer leur vie pour sauver l'enfant, dont l'incroyable Angelo Licheri qui a été près de réussir. Mais le grand cœur de l'Italie n'a pas suffi, cette fois. L'héroïsme des gens ordinaires, l'une de nos fiertés nationales, a été vaincu par la négligence et la désorganisation. L'un des héritages positifs de Vermicino sera la création du Département de la protection civile italienne.

La télé de la douleur

Un autre héritage de Vermicino, d'aucun secours celui-là, est la naissance de la *TV del dolore*, la télé de la douleur. À l'été 1981, la télévision commerciale de Berlusconi brise la grisaille du noir et blanc avec ses programmes comiques, ses publicités en continu, ses films et séries américains, ses danseuses à moitié nues. La Rai, service public, se positionne en filmant la mort en direct d'un enfant. L'Italie est à l'arrêt car elle veut qu'un enfant soit sauvé, et elle veut le voir. C'est le début d'un genre médiatico-journalistique : la mise en scène à la télé de drames personnels et familiaux, pour atteindre l'audience la plus large.

Avec Vermicino, l'Italie a eu l'honneur peu glorieux d'être la première télévision au monde à ne plus contrôler ce qu'elle passait à l'antenne, mais à être influencée par l'événement. Au cours de cette tragédie, la Rai a été tentée de revenir à la programmation habituelle, annonçant le débat prévisiblement soporifique du soir avec le secrétaire du Parti social-démocrate italien, Luigi Longo. Mais le standard téléphonique de la chaîne à Rome fut submergé par des centaines d'appels de protestation. Les spectateurs en colère se faisaient menaçants. Finalement, le direct n'a pas été interrompu. Pas de retour en arrière possible.

Grégory dans la Vologne

Le meurtre du petit Grégory Villemin, trois ans plus tard, a choqué les Français autant que la mort d'Alfredino dans le puits avait traumatisé les Italiens. Si l'image de ce dernier, souriant sur la plage, fait désormais partie de l'Histoire italienne, il en va malheureusement de même pour le cliché pris par Patrick Gless, photographe du journal local *La Liberté de l'Est* montrant le 16 octobre 1984, vers 21 h 15, les pompiers récupérant le corps de Grégory – pieds et mains liés – dans la Vologne, une rivière des Vosges. L'image de l'enfant sans vie fait le tour du monde et constitue peut-être le premier moment de prévarication médiatique dans une histoire qui en connaîtra beaucoup.

Alfredino et Grégory sont, malgré eux, les protagonistes des deux faits divers qui ont le plus marqué l'Italie et la France, même si leurs histoires sont très différentes.

Hypothèse du complot

Les enquêtes, la recherche du coupable, dans le cas d'Alfredino, sont d'une importance relative : le fait est que cet enfant innocent a souffert terriblement pendant trois jours, et que des millions de personnes ont partagé sa souffrance. La façon dont sa vie s'est arrêtée dans ce puits est toujours restée secondaire pour les Italiens, car toute l'attention à l'époque, et encore dans la mémoire collective aujourd'hui, a été engloutie par la douleur et l'événement médiatique. Ce fut un accident atroce, et le début de la télévision du deuil : voilà ce qu'il en reste. Pourtant, le magistrat qui a mené l'enquête judiciaire a relevé sans pouvoir les clarifier certains points obscurs : comment se fait-il que le corps sans vie d'Alfredino, remonté près d'un mois plus tard, était pris dans des cordes que les sauveteurs n'auraient pas pu descendre dans ce puits si exigu ? Et comment l'enfant a-t-il pu tomber accidentellement, vu l'étroitesse du puits ? L'hypothèse selon laquelle Alfredo Rampi aurait été endormi par quelqu'un dans la « chambre noire », que l'enfant mentionne au début lorsqu'il communique avec l'extérieur, puis jeté volontairement, a été avancée lors de la réouverture du procès en 1987. Mais le 5 novembre de cette même année le procureur Giancarlo Armati classait l'affaire, car il ne disposait pas d'éléments suffisants pour formuler une accusation. L'hypothèse d'une conspiration a été reprise par l'écrivain Giuseppe Genna qui, dans *Dies irae* (Mondadori, 2006), aborde à nouveau l'histoire d'Alfredino en explorant la possibilité qu'il ait été assassiné. Mais il s'agit d'un exercice littéraire et personnel passionnant et détaillé, sans conséquences juridiques.

« Sublime » Marguerite Duras

La mort de Grégory Villemin fascinera également les écrivains, par exemple Marguerite Duras qui signe la tribune « Sublime, forcément sublime Christine V. » dans le quotidien *Libération* du 17 juillet 1985. Dans laquelle elle se dit convaincue de la culpabilité de la mère, Christine Villemin, tout en la défendant d'un point de vue féministe, prête à comprendre les raisons – l'oppression de la famille et de la société – qui, selon elle, ont certainement conduit Christine Villemin à tuer son enfant. Un texte qui a suscité de nombreuses critiques à l'égard de l'écrivaine, et par ricochet de *Libération* et de son directeur de publication, Serge July, qui lui avait demandé d'aller interviewer Christine Villemin (laquelle refusa de la rencontrer). Même le président de la République François Mitterrand y était allé de son grain de sel : la croisant le lendemain dans une librairie du Quartier latin, il lui aurait dit : « Dites donc vous, vous n'y allez pas par quatre chemins ! » Mais contrairement au drame d'Alfredo Rampi, l'affaire Grégory s'est poursuivie au fil des décennies, entre nouveaux témoignages et réouverture de l'instruction en 2017.

Si Vermicino a inauguré la télévision de la douleur en Italie, l'affaire Grégory fait aujourd'hui l'objet d'une enquête « participative », en France et dans le monde entier : un groupe Facebook « Affaire Grégory Villemin, une énigme vers la vérité » compte plus de 15 000 membres répartis dans 99 pays principalement francophones. Beaucoup, près de quarante ans après l'infanticide, étudient les moindres détails des procédures judiciaires dans une sorte de compétition pour résoudre l'énigme, une fois pour toutes.

XIII

Europe, amante et sorcière

Je me souviens bien du 1er janvier 2002, et, rétrospectivement, il faut dire que ce fut incroyable. En Italie, les gens sortaient des restaurants ou des fêtes chez leurs amis pour faire la queue devant les distributeurs automatiques de billets. Dans la rue où j'habitais, à Milan, le garçon et la fille qui s'embrassaient devant le distributeur de billets portaient des chapeaux de fête en papier bleu avec cet étrange « E » coupé par deux lignes parallèles : le symbole de l'euro. Cette nuit-là, la monnaie commune s'est concrétisée, passant d'une froide création théorique des économistes à un billet de banque flambant neuf, à utiliser dans la vie de tous les jours. Les Italiens prenaient d'assaut les agences bancaires parce qu'ils mouraient de curiosité et du désir de détenir enfin cet argent à l'apparence un peu triste, à vrai dire, mais en même temps destiné à prouver qu'on avait réussi enfin à monter dans « le train de l'Europe ».

Pendant cette nuit de fête, beaucoup d'entre nous ont eu l'impression d'entrer dans un nouveau monde, habité par des gens sérieux utilisant une monnaie respectable. Bien sûr, nous n'étions plus millionnaires – le salaire mensuel moyen à l'époque était de 1,4 million de lires –, mais nous étions devenus, plus que des Italiens, des Européens. Le 1er janvier 2002, deux millions et demi de retraits aux distributeurs automatiques ont été effectués en Italie, un record parmi les douze pays de la zone euro qui venait de naître.

Tous ces billets sans vraie personnalité (pas de Léonard de Vinci, pas de Victor Hugo, pas de Mozart) étaient le résultat d'une course fébrile qui s'était déroulée tout au long des années quatre-vingt-dix pour entrer dans l'exigeant club très fermé de l'euro. Hommes politiques, chefs d'entreprise, enseignants n'avaient cessé de répéter qu'il ne fallait pas manquer « le train de l'Europe », et chaque mesure publique, chaque effort individuel, chaque appel légitimait ce noble objectif.

Ainsi, lorsqu'en 2014 j'ai vu le leader de la Ligue, Matteo Salvini, se présenter à Lyon avec les mots *Basta euro* inscrits sur son tee-shirt lors du congrès du Front national, il m'est apparu clairement qu'une révolution s'était produite en quelques années. Les Italiens passaient de partisans enthousiastes de l'Europe, prêts à payer 1 936 de leurs lires pour acheter un euro, à des eurosceptiques prêts à quitter la zone euro. Que s'était-il passé en si peu de temps pour arriver à cette situation ?

Une certaine âme italienne a été profondément marquée par la honte ressentie face à l'invention italienne du totalitarisme, les vingt ans de pouvoir de Mussolini et sa participation à la Seconde Guerre mondiale du mauvais côté. Pour cette Italie, l'Europe représentait un nouvel idéal, un objectif digne de n'importe quel effort pour oublier l'abjection des lois raciales (voulues par Mussolini en 1938) et de l'alliance avec Hitler. Le nationalisme en Italie a été, après la guerre, un idéal longtemps impossible, sinon pour quelques néofascistes déclarés réunis au sein du Mouvement social italien. Les autres ont vu en l'Europe l'outil à portée de main pour retrouver une respectabilité internationale, après le fascisme, puis le terrorisme.

Dans ma famille, l'oncle Beppe avait été témoin d'un passage à tabac commis par les fascistes, il ne supportait plus de vivre dans un tel pays et avait préféré fuir en France, à Paris. Mon grand-père, comme l'immense majorité de ses compatriotes, s'était adapté et avait continué de travailler à l'arsenal militaire de La Spezia, l'une des rares ressources économiques de la ville. Il me faisait rire avec ses récits moquant les hiérarques fascistes puis les occupants nazis après l'armistice du 8 septembre, mais rien de plus glorieux : un destin partagé par la plupart des Italiens. Le nationalisme et le patriotisme semblaient compromis à jamais à cause du fascisme, mais l'idéal pro-européen pouvait nous sauver.

Ces dernières années, un sentiment de déception envers l'Union européenne s'est répandu, et le populisme anti-Bruxelles a essaimé dans toute l'Europe. En France et ailleurs, les critiques m'ont semblé plus rationnelles, fondées sur le calcul des bénéfices et des inconvénients. Ce n'est qu'en Italie que le scepticisme envers l'Europe en tant que construction politique a pris la forme d'une histoire sentimentale qui aurait mal tourné.

Bruxelles sì, Roma no !

Parce que oui, autrefois, nous étions vraiment amoureux de l'Europe. À commencer par plusieurs pères de la patrie : Giuseppe Mazzini, protagoniste de l'*Unità d'Italia* mais aussi républicain et fervent pro-européen ; Altiero Spinelli, militant communiste sous le régime fasciste, déporté sur l'île de Ventotene où il écrivit en 1941 le manifeste *Pour une Europe libre et unie* ; Alcide De Gasperi, né en 1881 dans le Trentin qui faisait alors partie de l'Autriche-Hongrie, fondateur après la guerre du parti de la *Democrazia cristiana* (Démocratie chrétienne) et aussi fondateur de la CECA pour la mise en commun du charbon et de l'acier, avec Schuman, Monnet, Spaak et Adenauer.

Ensuite, nous étions europhiles parce que nous ne croyions plus à l'État italien. Avec la fin du fascisme, la tentative de donner enfin aux Italiens des institutions étatiques puissantes que nous regarderions avec respect et confiance s'était également effondrée. Et après des décennies de scandales qui avaient discrédité et affaibli notre jeune démocratie, de nombreux Italiens de la classe moyenne pensaient que les institutions européennes, contrairement à celles de Rome, offriraient sérieux, efficacité, stabilité, et fin de la corruption. Nous avions si peu confiance dans la classe dirigeante de Rome que nous préférions celle de Bruxelles : la figure, tant décriée ailleurs, du technocrate de la Commission arrivait même à paraître sexy aux Italiens.

Ayant grandi en Italie dans les années soixante-dix, j'avais le sentiment permanent de vivre à la périphérie du monde. La barrière des Alpes, franchie par Hannibal et Napoléon et percée ensuite de multiples tunnels, restait cependant difficile à franchir psychologiquement au sein de la nation. En France, mais aussi en Allemagne et au Royaume-Uni, l'après-guerre avait apporté une vie démocratique plus ou moins en bonne santé. L'Italie, en revanche, avait connu *il miracolo economico*, mais aussi une démocratie bloquée : nous avions le Parti communiste le plus fort d'Europe, donc l'alternance politique était impossible. Durant les années de plomb, nous avons connu les bombes des néofascistes et les attaques des Brigades rouges, et les émeutes de rue qui rendaient la vie quotidienne difficile.

Led Zeppelin, puis le trou d'air

À l'époque, il y avait pas mal d'autres petits signes indicateurs de ce que l'Italie était *speciale*, et pas toujours dans un sens positif. Les fans de rock, par exemple, n'avaient pas la possibilité d'applaudir les grandes stars, qui évitaient soigneusement notre pays. Les concerts tournaient en France, en Suisse, en Autriche, en Allemagne, mais pas en Italie. Des voyages épiques en voiture ou en car étaient alors organisés pour aller voir Bob Dylan ou les Rolling Stones à Zurich ou Munich.

Le 5 juillet 1971, Led Zeppelin monte pour la première, et dernière, fois sur une scène italienne, au vélodrome Vigorelli de Milan. Dans l'Italie post-68, on pratiquait l'« autoréduction[1] ». Ce soir-là, aux cris de « Culture libre et gratuite », les jeunes gens défoncent les grilles dans l'intention d'assister au concert sans payer. En première partie, Gianni Morandi, grand nom de la musique populaire italienne, commence son tour de chant, mais sa sympathie pour le Parti communiste ne le sauve pas : il est bombardé de tomates, car le public veut Led Zeppelin, et tout de suite.

Le groupe anglais a joué à peine trois morceaux qu'il est contraint d'interrompre le concert et de fuir la scène : des heurts viennent d'éclater entre la police et le public qui a refusé d'acheter des billets, des gaz lacrymogènes sont déversés à l'intérieur du Vigorelli, qui est un lieu fermé. Ce fut un miracle qu'il n'y ait pas eu de victimes. Les quatre membres de Led Zeppelin jurent ce soir-là qu'ils ne reviendront plus jamais jouer en Italie. Ils tiendront parole. Les années suivantes, d'autres rock stars leur

1. L'autoréduction, pratique qui se veut anticapitaliste, est apparue dans les années soixante-dix en Italie avec le mouvement autonome d'ultra-gauche. C'est une action collective d'un groupe de consommateurs ou d'usagers qui milite pour la gratuité des biens et des services et qui n'hésite pas à se les approprier par la force.

emboîtent le pas. Même un petit garçon comme moi comprenait que l'Italie n'était pas un pays comme les autres.

Et... but : la fin de l'embargo musical

L'embargo sur la musique a été brisé de la manière la plus sensationnelle qu'on puisse imaginer : par les Rolling Stones qui ont joué le 11 juillet 1982 au stade de Turin, à 15 heures, avant la finale de la Coupe du monde en Espagne entre l'Italie et l'Allemagne. Vêtu du maillot *azzurro* du champion italien Paolo Rossi, Mick Jagger fait un *pronostico* : « Vous allez gagner par 3 à 1. » Bingo. Le lendemain, deuxième concert, et sur scène pour présenter le groupe il y a Claudio Gentile, le défenseur devenu champion du monde depuis quelques heures. Deux jours magiques et l'Europe semble se préparer à accueillir de nouveau l'Italie à bras ouverts.

Dans les années qui suivent, la classe moyenne italienne est submergée par la curiosité extraterritoriale. Si certains esprits chagrins ne peuvent s'empêcher de ronchonner, du style « Tout le monde voyage à l'étranger sans connaître l'Italie », l'attirance est la plus forte. La semaine de séjour linguistique en Angleterre devient, au fil des années, une sorte d'obligation sociale pour les adolescents, presque une marque de bonne éducation. Nous étudions l'anglais parce que plus tard ce sera utile pour trouver du travail, mais aussi pour communiquer avec nos voisins qui sont désormais presque des compatriotes.

En 1992, le traité de Maastricht fixe l'horizon d'une monnaie commune européenne. En Italie, jusque-là, personne n'a jamais entendu parler de Maastricht et, même ensuite, la ville néerlandaise au nom imprononçable pour un Italien restera méconnue, néanmoins tout le monde comprend que le pays est attendu dans une grande épreuve : il faut surmonter des décennies d'instabilité politique et de dévaluation monétaire pour se dépasser, devenir un État sérieux et ainsi être admis dans le club chic de la monnaie unique.

En voiture, Berlusconi et Prodi

« L'Europe nous le demande », « ne pas rater le train de l'Europe » deviennent des phrases clichés mille fois répétées par les politiques, chefs d'entreprise, syndicalistes : toute initiative, proposition, idée, sacrifice, désir, produit, passe mieux si c'est accompagné par la formule « L'Europe nous le demande », marquant encore aujourd'hui, pour le meilleur ou pour le pire, les relations entre l'Italie et la France et les autres grands pays de l'Union européenne.

Au milieu des années quatre-vingt-dix, alors que la course pour attraper et monter à bord du « train de l'Europe » a commencé, l'Italie est également aux prises avec son propre train intérieur, politique celui-ci, où la tendance est inverse : il s'agit de faire descendre, et vite, tous les corrompus du monde politique et économique. La série d'enquêtes judiciaires dite *Mani pulite*, mains propres, va mettre au jour un système de corruption et de financement illicite des partis, surnommé *tangentopoli* (autrement dit : pots-de-vin en ville). Le parti Démocratie chrétienne, qui a dirigé le pays tout au long de l'après-guerre, a les mains trop sales pour résister et se dissout lui-même le 29 janvier 1994. Profitant de cet essorage à grande vitesse, l'homme d'affaires Silvio Berlusconi entre en politique en créant son parti, Forza Italia (Allez l'Italie) et devient dans la foulée président du Conseil. Mais lui-même n'échappe pas à l'essoreuse et doit remettre sa démission en décembre de la même année. C'est la coalition de centre gauche au nom bucolique d'Ulivo (L'Olivier), fondé par Romano Prodi, ex-démocrate chrétien, surnommé *Il Professore* au vu de sa carrière universitaire, qui remporte les élections anticipées du 21 avril 1996. Pour la première fois dans l'histoire de l'Italie, le Parti démocrate de gauche (PDS), héritier réformiste du Parti communiste, arrive au gouvernement comme la composante la plus forte de la coalition. Romano Prodi, chef de l'Ulivo, devient le nouveau président du Conseil et reprend la main sur le dossier européen. La priorité de son gouvernement est, évidemment, de « ne pas rater le train de l'Europe », c'est-à-dire respecter les critères de Maastricht et faire partie de l'équipe des premiers pays à adopter l'euro.

Ça ne sera pas facile. À l'époque, l'Italie est toujours considérée en Europe comme un pays peu fiable. Ce sont les années où le ministre des Finances allemand, Wolfgang Schäuble, qui fera preuve plus tard d'intransigeance vis-à-vis de la Grèce, tient l'Italie en ligne de mire : il théorise qu'un « noyau dur » formé par l'Allemagne, la France, les Pays-Bas, la Belgique et le Luxembourg passera à la monnaie unique selon le calendrier fixé par Maastricht, tandis que les autres pays, dont l'Italie, malgré son statut de membre fondateur, rejoindront le groupe, peut-être, dans un deuxième temps.

Pour les Italiens, c'est un choc, un affront, la confirmation qu'ils sont traités comme un pays de seconde zone. Le président Jacques Chirac et le chancelier Helmut Kohl se consacrent au renforcement du couple franco-allemand pour en faire le moteur de la nouvelle Europe et de l'euro. En Italie, Prodi est confronté à un double travail de persuasion : d'une part, assurer aux partenaires européens que l'Italie est fiable, qu'elle assainit son économie et qu'elle se prépare à entrer immédiatement dans la zone euro ; d'autre part, obtenir l'accord de ses compatriotes pour faire les sacrifices nécessaires à ces promesses.

Traiter les Italiens comme des enfants

En février 1997, le chancelier Kohl s'adresse à l'Italie en ces termes : « Respecter les critères de Maastricht, c'est comme faire ses devoirs pour l'école. Quand j'étais écolier et que je ne les faisais pas bien, j'étais privé de sortie. Et ce ne pouvait être que ma faute. » Une rhétorique infantilisante, qui traite les Italiens d'écoliers indisciplinés. Néanmoins, le désir d'être accepté est tel qu'on efface l'insulte du tableau noir. D'ailleurs, selon les données de l'Eurobaromètre, l'opinion publique italienne est à l'époque la plus pro-européenne du continent : 85 % des citoyens italiens déclarent soutenir le processus d'intégration européenne (la moyenne parmi les autres pays n'excède pas 69 %).

Pour « ne pas rater le train de l'Europe », Prodi parvient même à imposer une *Euro-tassa* aux Italiens, une « contribution spéciale pour l'Europe », qui semble aujourd'hui relever de la science-fiction. Les citoyens sont prêts à payer un taux d'imposition supplémentaire sur les revenus, pouvant aller jusqu'à 3,5 %, pour récupérer les 4 600 milliards de lires nécessaires. Les sacrifices paient, l'Italie est admise dans l'euro, et dans le premier groupe. Tournée générale de prosecco. On comprend mieux finalement, après tous ces efforts, que lors du réveillon 2002 quelqu'un mette sur sa tête un chapeau en papier avec le symbole de l'euro imprimé dessus. Dans les semaines et mois suivants, les Milanais prendront leur voiture pour avoir le frisson de traverser la frontière sans présenter de passeport et déjeuner sur la promenade des Anglais à Nice en payant en euros, sans conversion à faire.

L'Europe, je t'aime, moi non plus

Compte tenu de cet engouement, la déception qui a suivi et la frustration avec laquelle les Italiens ont vécu la crise de l'euro, la catastrophe en Grèce et la menace d'être les prochains à subir l'humiliation des experts de la troïka[1] n'en ont été que plus grandes.

1. La Commission européenne, la Banque centrale européenne et le Fonds monétaire international.

Parmi les nombreuses raisons de l'accession au pouvoir du Mouvement 5 étoiles et de la Ligue, avec le premier gouvernement de Giuseppe Conte (juin 2018-septembre 2019), il y avait peut-être aussi le sentiment d'avoir été trahi par Dame Europe, qui n'a pas été en mesure de tenir pleinement ses promesses de prospérité économique et qui a laissé l'Italie se débrouiller pendant la crise migratoire. Pour beaucoup, l'Europe a changé de visage : d'amante vers laquelle accourir, elle est devenue la méchante belle-mère, la sorcière aux doigts crochus à qui il faut échapper. Le désintérêt de nombreux citoyens européens envers Bruxelles a pris, en Italie, la forme d'un désamour.

L'attitude psychologique des Français vis-à-vis de l'Europe est différente, semble-t-il. La France a toujours eu le sentiment d'appartenir au club des meilleurs : si l'euro voyait le jour, la France en ferait partie, et dès le départ il n'y a jamais eu de doute à ce propos. Avant qu'un projet de monnaie unique ne soit élaboré, le président de Gaulle ne voulait pas que la Commission européenne (institution supranationale) prenne le dessus sur le Conseil (l'expression des gouvernements des différents États) et, pour cette raison, il est allé jusqu'à pratiquer la « politique de la chaise vide », refusant de participer aux réunions communautaires pendant sept mois : un choix impensable pour l'Italie qui, au contraire, a toujours été heureuse de s'asseoir sur cette chaise européenne.

Pour l'Italie, du moins jusqu'à il y a quelques années, l'Europe était la promesse de la fin de l'isolement et un synonyme de modernité. Et Milan se définit toujours comme « la ville la plus européenne d'Italie », celle qui « maintient l'Italie arrimée à l'Europe », quand aucune ville française, du moins il me semble, ne revendique ce rôle. Pour les Français, en revanche, l'Europe est d'abord un moyen de résoudre un conflit séculaire avec l'Allemagne et de le remplacer par le « couple franco-allemand », idée qui a longtemps fait la jalousie des Italiens rien que dans sa formulation. Pour les Italiens, l'Europe a été une ambition ; pour les Français, une sorte de France en plus grand.

Europa sì, Europa no

Pour ces raisons, il n'est pas si incompréhensible qu'après le pro-européen Mario Draghi, les Italiens aient confié le pouvoir à la souverainiste Giorgia Meloni : il s'agit d'une succession qui reflète la profonde ambivalence des Italiens, attirés par l'Europe mais aussi fatigués d'être déçus par elle. Si Meloni a d'ailleurs abandonné toute tentation de quitter l'euro ou l'Union européenne, elle défend néanmoins une fierté nationale et un patriotisme qui ont été couverts de ridicule pendant des décennies et qui reviennent sur le devant de la scène, comme dans nombre d'autres pays européens et occidentaux.

C'est pourquoi, quand certains ministres français ont parlé de « vigilance » française sur le travail du gouvernement italien lorsque Giorgia Meloni a formé son exécutif en octobre 2022, ils auraient peut-être mieux fait de se taire. Une erreur que le président Macron s'est bien gardé de commettre, connaissant peut-être mieux que ses ministres la psychologie italienne.

Les élections italiennes ont été démocratiques, comme toujours depuis l'après-guerre, et leurs résultats incontestables. Parler d'une vigilance française envers le respect des droits en Italie relève d'une forme d'arrogance qui a fait réagir beaucoup d'Italiens, même ceux qui n'avaient pas voté et ne voteront jamais pour Meloni et son parti, Fratelli d'Italia. Comme l'a dit le président de la République Sergio Mattarella, sûr de parler au nom de tous ses compatriotes : « L'Italie sait prendre soin d'elle-même. »

XIV

Extra-comunitari et sentiments pas si communautaires

Avant d'obtenir son diplôme universitaire, d'être embauchée en tant que responsable du développement commercial dans une start-up française et de fonder une agence de marketing et communication, Giary a vécu quelques années avec ma famille à Paris en tant que jeune fille au pair pour s'occuper de mes enfants. Lorsque je lui ai demandé de me raconter à nouveau son histoire d'Italienne sénégalaise, Giary – ou plutôt Diarietou Niang – a utilisé l'expression *vucumprà*, désormais un peu désuète, pour qualifier les débuts de son père pour gagner sa vie.

Je me souviens de ma grand-mère à La Spezia, le jour où elle est revenue du marché et a annoncé qu'elle avait vu pour la première fois un Africain de près, elle qui avait aussi vécu les années de l'empire colonial fasciste. « Il était vraiment noir », a-t-elle souligné. Ni alarmée ni inquiète, à vrai dire elle était plutôt intriguée et amusée par le fait qu'à Spezia, comme dans le reste du monde, il se passait des événements qui sortaient de l'ordinaire.

Sa connaissance des Noirs jusque-là était théorique et fondée uniquement sur la télévision : la *show girl* américaine Lola Falana, Louis Armstrong et quelques autres musiciens de jazz, Martin Luther King et Mohammed Ali, bien sûr. Ou Kunta Kinte, le protagoniste du feuilleton télévisé *Racines*, qui a choqué l'Italie en 1978 en racontant l'histoire de la traite négrière. Sans compter les innombrables rediffusions à la télé du grand film avec Gregory Peck, *Du silence et des ombres*, d'après le roman de Harper Lee.

Italiens, braves gens

Chez nous, nous considérions le racisme comme une tragédie avant tout américaine, une affaire qui concernait d'autres peuples plus tourmentés, peut-être impitoyables et un peu barbares, certainement pas nous, les « braves gens ». Nous étions de bonne foi, nous ne nous doutions pas que l'absence de racisme en Italie était facilitée par l'absence de l'objet du racisme, à savoir d'étrangers.

Les choses ont commencé à bouger dans les années quatre-vingt, lorsque les premiers vendeurs ambulants sont apparus sur les plages italiennes. Colliers, draps et tissus africains, puis mouchoirs, briquets, lunettes de soleil, tee-shirts, cerfs-volants, avec un crescendo qui au fil des années aura apporté des contrefaçons Dior et Gucci parmi les parasols. Les garçons qui marchaient sur le sable en portant sur leurs épaules des tonnes de marchandises à vendre pour quelques lires étaient pour la plupart maghrébins et sénégalais. On les appelait tous, par praticité, paresse ou manque de curiosité, *marocchini* (Marocains) ou plus souvent *vucumprà*, imitant les quelques mots que ces nouveaux arrivés prononçaient dans un italien rudimentaire : *Vu cumprà ?*, c'est-à-dire *Vuoi comprare ?*, « Tu veux acheter ? »

À la fin de la Seconde Guerre mondiale, à Naples, il y avait les *sciuscià*, les enfants pauvres et affamés qui proposaient aux soldats américains de cirer leurs chaussures – *shoe shine* – en échange de quelques piécettes. *Sciuscià,* le film de Vittorio De Sica de 1946 est l'un des longs-métrages du néoréalisme italien les plus aimés dans notre pays. Quelques décennies plus tard, les Italiens firent la connaissance des *vucumprà* sénégalais.

Après avoir travaillé comme *vucumprà*, le père de Diarietou Niang a trouvé un poste d'ouvrier dans les usines au nord du pays. Diarietou, bientôt appelée Giary, arriva à Crespi d'Adda, un petit village près de Bergame, alors qu'elle n'avait que quatre mois, mais aujourd'hui, à vingt-sept ans, elle n'a toujours pas la nationalité italienne. Lorsque j'ai fait sa connaissance à Paris par l'intermédiaire d'amis communs, Giary étudiait en licence de communication. Le jour de notre première rencontre, je pense que je n'ai pas pu résister à lui dire – en guise de compliment – qu'elle parlait un italien vraiment impeccable, avec un soupçon d'accent bergamasque.

Un vrai commentaire de *boomer* à la manque. Giary a fait tout son cursus scolaire et universitaire en Italie. Quelle autre langue aurait-elle dû parler ? Mais pour moi, instinctivement, Giary étant originaire du Sénégal, je m'attendais à ce qu'elle parle français, pas italien avec un accent de Bergame. Son histoire et ma réaction confirment la particularité de l'Italie multiculturelle qui est en train de naître aujourd'hui. Giary travaille pour une start-up française, elle est sur le point de rentrer en Italie car sa boîte lui propose de s'occuper du marché italien, et a fondé sa propre agence de marketing et de communication, Le Noire Agency, pour favoriser les échanges commerciaux entre l'Italie et les pays africains. Retour aux sources parentales.

« J'ai toujours été la seule Noire de la classe jusqu'au collège. Ce n'est qu'au lycée qu'une deuxième fille de ma couleur de peau est arrivée. Je suis née dans la banlieue de Dakar en 1994, et c'est à cette époque que mon père a décidé de notre départ pour l'Italie, car une rumeur s'était répandue au Sénégal comme quoi, dans ce pays, on vivait bien et qu'il y avait du travail. Il l'a bien sûr fait pour des raisons économiques, mais aussi pour poursuivre une sorte de "rêve italien". Mon père avait obtenu son bac au Sénégal, par la suite il a tenté de s'inscrire à l'université en Italie, mais la bureaucratie était compliquée et il avait déjà une famille à nourrir. »

Lorsque Giary me raconte l'accueil qu'elle a reçu en Italie, me revient une scène de *La Crise*, le film de Coline Serreau avec Vincent Lindon : le frère aîné de Michou, dans son appartement de banlieue, se lance dans une tirade raciste pour évoquer sa détestation des Arabes d'une manière générale, tout en ajoutant « sauf ma femme Jamila, vous mes amis, les Arabes de notre escalier et ceux de l'escalier B, C et aussi D, et en plus l'épicier », bref, tous ceux qu'il connaît.

« Les habitants de Crespi d'Adda ont été accueillants, poursuit Giary, nous étions la seule famille sénégalaise et ils nous ont traités avec gentillesse. J'ai passé beaucoup de temps chez mes *nonni* (grands-parents) qui étaient en fait les grands-parents d'une de mes copines italiennes. Ils me considéraient comme une autre de leurs petites-filles. Lorsqu'ils allaient passer la journée au lac, ils m'emmenaient à chaque fois, c'était naturel. Dans la sphère familiale et affective, tout allait bien. Mais au sein des institutions, des administrations, du lieu de travail, c'est une tout autre affaire. Quand, par exemple, je me rends à la poste ou à la mairie pour récupérer un document, je me sens traitée différemment. »

Tutoiement ambigu pour les *nuovi italiani*

Le regard sur les premiers étrangers arrivés sur le sol italien était avant tout curieux et bienveillant, on tutoyait pour faciliter les échanges, le *tu* était un signe de familiarité, une forme d'accueil. Au fil du temps, cette attitude a changé, les Italiens se sont découverts – pas tous, heureusement – loin d'être à l'abri du racisme. Ils ont continué de tutoyer les étrangers, désormais appelés *extra-comunitari* (c'est-à-dire hors Union européenne), avec une liberté qui a progressivement changé de nature : de la disponibilité généreuse des débuts, on est passé à un manque de respect agacé et arrogant.

Ceux que nous appelons les « nouveaux Italiens » sont peu représentés à la télévision, au cinéma, en politique, dans les médias, dans l'édition. En France, la question de l'intégration est plus ouverte, comme en témoignent les polémiques quotidiennes sur le « racisme d'État » dénoncé par la journaliste et militante Rokhaya Diallo, les disputes sur l'« islamo-gauchisme », jusqu'au terrorisme islamiste dont les acteurs sont souvent citoyens français.

En Italie, le premier parlementaire d'origine étrangère, né au Congo-Brazzaville, a été Jean Leonard Touadì en 2008, et la première, et jusqu'à présent unique, ministre a été Cécile Kyenge, originaire du Congo-Kinshasa, responsable de l'Intégration dans le gouvernement Letta de 2013-2014 et, par ailleurs, cible d'insultes racistes même de la part de collègues politiciens.

L'immigration en Italie est récente. Et quasi inexistante à l'époque des Trente Glorieuses, tandis que des millions de personnes arrivaient en France, notamment d'Afrique du Nord, appelées pour combler les besoins en main-d'œuvre. Les premiers et rares étrangers sont arrivés en Italie dans les années soixante-dix et quatre-vingt, puis le flux est devenu considérable dans les deux décennies suivantes, jusqu'à ce qu'il ralentisse à nouveau en raison de la crise économique actuelle.

L'autre différence réside en ce que le passé colonial français occupe, au moins de façon indirecte, un très large espace dans le débat public français, alors qu'il est presque absent chez mes compatriotes.

L'Italie a connu une forme particulière de déni : l'aventure coloniale en Érythrée, en Éthiopie, en Somalie et en Libye, commencée bien avant le fascisme et effacée de la carte après la Seconde Guerre mondiale, comme si, à l'instar du fascisme, elle n'avait jamais existé. La décolonisation en Italie s'est faite moins douloureusement qu'en France. Lorsque Kadhafi a pris le pouvoir en Libye en septembre 1969, 20 000 Italiens restés à Tripoli et Benghazi après l'indépendance de la Libye ont été contraints d'abandonner tous leurs biens et de revenir précipitamment au pays. Ce fut un événement terrible et traumatisant, certes, mais en rien comparable à la guerre d'Algérie et au rapatriement des pieds-noirs : il n'affecta pas l'âme du pays si profondément.

Avant les années soixante-dix, les migrations connues par les Italiens ont surtout été internes : ouvriers de Campanie, de Calabre, des Pouilles et de Sicile quittant le Sud pour travailler au Nord, dans les usines du triangle industriel Milan-Gênes-Turin. Pendant longtemps, ce furent eux nos « étrangers » à intégrer, maltraiter et discriminer. « Nous ne louons pas aux Méridionaux », pouvait-on lire sur des affiches placardées sur des immeubles à Turin, où pourtant près d'un demi-million d'ouvriers venus du Sud vinrent pour fabriquer les voitures Fiat.

Pour ces raisons, lorsque les « véritables » étrangers sont arrivés dans les années soixante-dix et quatre-vingt, les Italiens ont pu les accueillir, comme ma grand-mère l'a fait, avec le sentiment qu'ils étaient des pionniers. Même si à Asmara, la capitale érythréenne autrefois appelée la « nouvelle Rome », il existe encore aujourd'hui la salle de cinéma Impero ou la station-service Fiat au style fasciste des années trente. Et même si en Italie on utilise toujours le mot *ambaradan* qui sert à indiquer une situation de grande confusion, un chaos total (*È tutto un ambaradan*), celui qui la prononce ne soupçonne pas que ce mot trouve son origine dans un massacre atroce commis par les troupes italiennes fascistes en Éthiopie en février 1936, quand, pour conquérir le massif de l'Amba Aradam, les soldats italiens tuèrent 20 000 Éthiopiens sans aucune distinction entre militaires et civils et en ayant recours à des gaz toxiques.

Parmi les 59 millions d'habitants en Italie, près d'un million sont des jeunes mineurs d'origine étrangère scolarisés en Italie et dont plus de la moitié sont nés dans le pays. Mais souvent ils n'ont pas de passeport italien, même si l'Italie est leur pays et qu'ils se sentent italiens. Depuis des années, une réforme des critères d'obtention de la citoyenneté est à l'étude, pour introduire les principes du *ius soli* et du *ius culturae*. Le but : reconnaître comme citoyens italiens de droit ceux qui le sont déjà de fait, parce qu'ils sont nés en Italie (*ius soli*) ou parce qu'ils sont scolarisés en Italie (*ius culturae*).

« Pour nous, Italiens de la deuxième génération, l'obtention de la nationalité est encore trop difficile, souligne Giary. Ne pas avoir de passeport italien vous fait vous sentir invisible, non reconnu, non considéré. Par exemple, nous ne pouvons pas voter, nous sommes donc soumis à toutes les décisions gouvernementales sans pouvoir les influencer. Et en Italie il n'y a pas assez de modèles, de gens comme nous dont on pourrait s'inspirer : j'ai vu le premier professeur noir de ma vie quand j'ai fait mon Erasmus à Bordeaux. Je me suis sentie réconfortée, protégée, moins seule. »

Super Mario Balotelli

Si l'on parle d'inspiration, il est inévitable d'évoquer le football. La France a remporté sa première Coupe du monde avec l'équipe black-blanc-beur, celle de Thuram, Deschamps et Zidane, en 1998. En Italie, il a fallu attendre 2010 pour voir un Noir jouer en équipe nationale : ce fut Mario Balotelli. Son histoire représente bien l'enchevêtrement de sentiments qui accompagne la difficile naissance de la nouvelle Italie multiculturelle.

Mario Barwuah est né en 1990 à Palerme, en Sicile, de deux parents arrivés du Ghana, Thomas et Rose Barwuah. Peu de temps après sa naissance, la famille emménage en Lombardie, à Brescia, à la recherche de meilleures conditions de travail. Au cours des trois premières années de sa vie, Mario a une santé fragile, il doit être opéré plusieurs fois, ses parents se tournent vers les services sociaux pour obtenir de l'aide ; ceux-ci recommandent le placement en famille d'accueil. Mario est adopté par la famille Balotelli qui a déjà trois enfants. Dans le livre *Io vi maledico*[1] qui traite de la colère, la journaliste Concita De Gregorio consacre un chapitre à Balotelli et rapporte quelques citations à son sujet.

1. « Je vous maudis », Einaudi, 2013, non traduit en français.

Mauro Tonolini, ancien président de l'équipe de football d'Uso Mompiano : « Quand il est arrivé ici, à l'âge de cinq ans, Balotelli était le seul nègre sur les deux cent cinquante enfants » (le mot « noir » au lieu de « nègre » en Italie est une conquête récente et incertaine). Andrea Ferrarese, ami d'enfance : « Je me souviens qu'à l'école, aux toilettes, il se lavait les mains à l'eau bouillante. Une fois, il m'a dit : « Comme ça, elles deviennent blanches. » Sergio Viotti, gardien de but dans l'équipe d'Italie U21 et son ami depuis l'âge de six ans : « Il a toujours dit qu'il serait le premier Noir à jouer pour l'équipe nationale et qu'il ne fêtait pas ses buts parce qu'il attendait le jour où il marquerait pour l'Italie en finale de la Coupe du monde. »

En juin 2012, à Varsovie, l'Italie rencontre l'Allemagne en demi-finale de l'Euro. À vingt et un ans, Balotelli signe un doublé extraordinaire (2-1) et emmène l'Italie en finale. Ce qui reste de cette journée-là, c'est la célébration à la fin de la rencontre : Balotelli franchit les barrières et va embrasser sa mère adoptive, Silvia, qui a assisté au match dans les gradins. L'image fait le tour du monde : on voit un grand jeune homme noir, de dos, avec le maillot *azzurro* et l'inscription « ITALIA », qui embrasse la joue d'une petite dame digne avant d'enfouir sa tête dans son cou ; la main blanche et ridée de la femme caresse le crâne rasé de Mario. La douceur qui se dégage de cette scène évoque un tableau de Raphaël. Silvia Balotelli ferme les yeux, en serrant dans ses bras ce fils qui est enfin devenu un champion, après avoir traversé tant de difficultés. « Super Mario », d'origine ghanéenne, né en Italie, devient un héros national et porte au pinacle le symbole éternel de l'italianité : la *mamma*. « Le meilleur moment du match a été la fin, dira plus tard Balotelli, quand je suis allé voir ma mère pour la serrer dans mes bras et lui dire que les buts étaient pour elle. »

L'émotion générale du public passe cependant vite, car Mario Balotelli ne tient pas la promesse de gendre idéal : il aime les belles filles et les belles voitures, comme tous les footballeurs d'ailleurs, mais ce style de vie tape-à-l'œil lui est moins pardonné qu'aux autres. Sur le terrain, il réagit parfois aux provocations, en particulier lorsque des supporters adverses le prennent pour cible, lui lancent des bananes en poussant des cris de singe. La Coupe du monde 2014 s'avère désastreuse, notamment pour des erreurs d'arbitrage à l'encontre d'une équipe fatiguée et mal soudée. Mais c'est surtout Mario, désormais moins « Super », qui paie les pots cassés. Dans les stades, lorsque Balotelli joue, les banderoles « Il n'y a pas de Noirs italiens » refont surface. Balotelli partira ensuite jouer en France, à l'Olympique de Marseille et à l'OGC Nice, et il est désormais attaquant au FC Sion en Suisse. Il s'est un peu perdu, et l'Italie aussi a perdu une chance avec lui.

Après la voie ouverte par Balotelli, de « nouveaux Italiens » deviennent acteurs de la société. Alessandro Mahmoud, alias Mahmood, né à Milan d'une mère italienne et d'un père égyptien, remporte en 2019 le festival de Sanremo avec la chanson *Soldi* (Argent), dans laquelle il parle du père qui l'a abandonné lorsqu'il était enfant. En littérature, Nadeesha Uyangoda, vingt-huit ans, née au Sri Lanka mais élevée en Italie depuis l'âge de six ans, a publié en 2021 un livre au titre très éloquent : *L'Unica Persona nera nella stanza*[1] (« La seule personne noire dans la pièce). Les seuls Noirs dans la pièce, à l'école ou dans l'équipe de foot : le même début accompagne les premiers pas en Italie de nombreux Italiens, comme Diarietou Niang, Mario Balotelli et Nadeesha Uyangoda.

Aux Jeux olympiques de Tokyo, l'Italie a vécu un nouveau « moment Balotelli » : l'équipe a remporté quarante médailles, en partie grâce à des Italiens nés dans dix-sept pays différents et représentant plus d'un tiers de nos athlètes. Le président du Comité olympique national italien, Giovanni Malagò, s'est réjoui du triomphe de « l'Italie multiethnique et intégrée ».

1. Non traduit en français.

La chanson n'est pas en reste. Ghali, vingt-neuf ans, né à Milan de parents tunisiens, est un rappeur reconnu. L'une de ses chansons les plus célèbres s'appelle *Cara Italia* : « *Quando mi dicono Va' a casa !/ Rispondo sono già qua* » (Quand on m'ordonne de rentrer chez moi/ Je réponds « J'y suis déjà »).

L'Italie d'aujourd'hui commence, à s'approcher d'autres grands pays européens comme la France, le Royaume-Uni ou l'Allemagne, où les citoyens n'ont pas forcément les mêmes origines mais partagent le même toit.

Épilogue

Ces dernières années, des dizaines de milliers de jeunes Italiens ont quitté leur pays pour vivre à Paris, Londres ou Berlin. Poussés à s'exiler non seulement à cause des difficultés, réelles, sur le marché du travail italien, mais aussi par intérêt pour l'Europe, avec l'idée qu'en dehors de nos merveilleuses villes, toujours rivales, on peut trouver au-delà des Alpes des mondes différents et des États souvent plus unis et efficaces que le nôtre.

Du côté de la France, Paris nous fascine et nous attire, même si nous sommes toujours prêts à nous plaindre du cappuccino trop chaud, de la Joconde retenue en otage et qu'il faudrait nous rendre selon certains, et de sujets plus graves comme la gestion de l'immigration. Les Italiens s'avèrent, surtout dans leurs relations aux Français, un peu différents du cliché qui nous représente en joyeux plaisantins. Dans ce malentendu, il y a une pincée de suffisance française et un chouïa du complexe d'infériorité des Italiens, totalement injustifié par ailleurs.

Quant à moi, Italien de La Spezia qui ai changé plusieurs fois de ville et donc de monde, j'ai trouvé plus de différences entre Gênes et Pise qu'entre Milan et Paris. J'ai aimé tous les endroits où j'ai vécu et je crois désormais que je me sens en même temps spezzino et pisan, italien et même français. Je ne pense pas être le seul à vivre cette identité plurielle. L'Europe n'est plus seulement celle des élites cultivées, chères à l'académicien Marc Fumaroli, qui toutes parlaient français au XVIIIe siècle, ni celle des fameux technocrates de Bruxelles.

Les citoyens aux identités multiples sont désormais nombreux dans toute l'Union, et les Italiens, habitués à dépasser mille rivalités comme celle entre Rome et Milan, patriotes et xénophiles à la fois, peuvent apporter leur contribution. Malgré ses billets de banque au graphisme ingrat, et nonobstant le lieu commun qui voudrait le contraire, l'Europe de Naples et Marseille, de Rome et Paris, me semble en train de se forger une âme.

Table des matières

Cet ouvrage a été composé
par PCA
et achevé d'imprimer en avril 2023
par Bussière à Saint-Amand-Montrond (18)
pour le compte des Éditions Stock
21, rue du Montparnasse, 75006 Paris

PAPIER CERTIFIÉ

Stock s'engage pour l'environnement en réduisant l'empreinte carbone de ses livres. Celle de cet exemplaire est de :
600 g éq. CO_2
Rendez-vous sur www.editions-stock-durable.fr

Imprimé en France

Dépôt légal : avril 2023
N° d'édition : 01 – N° d'impression : 2070969
82-07-5762/2